死神少女

吉野 匠

grim
reaper
girl

yoshino
takumi

gentosha

死神少女

装丁　川名　潤（Pri Graphics）
装画　帝国少年

死神少女／もくじ

序章　入学式の朝

真面目《まじめ》な話、最初見た時には呼吸が止まった。
——神部《かんべ》孝明《たかあき》が、後に友人に語った言葉である。

場所は公立高校の体育館、時は四月初め——いわゆる、入学式の真っ最中である。館内は、新一年生となった生徒達が休めの姿勢で列を作っており、壇上の恰幅《かっぷく》のいい校長の演説に聴き入っている（振りをしている）。

孝明もまた、その一人だった。

ただし、既に頭の中は昨晩のゲームの続きで一杯であり、いらいらと長話が終わるのを待っているところだ。

俯《うつむ》き気味に退屈な時間に耐えていたものの、なにぶん、足下を見てもワックスでテカる体育館の床しか見えない。

ものの十分も経《た》つと、孝明はもう我慢が出来なくなってきた。あの酒樽《さかだる》みたいな体型をした校長は、一体いつまで話し続けるのか。

『今という時は二度と戻ってこないのでしっかりと勉学と運動に励んで（以下略）』

というような極めてどうでもいいフレーズが、いつまでもいつまでもループする。このおっさ

んの演説が終わる頃には日が傾くのじゃないか？　本気でそう思ったりもした。

つまらん、おまえの話はつまらん！

そう言ってやれたら、どんなにかすっきりすることか。あいにく孝明にはとてもそんな度胸はなく、所詮《しょせん》は我慢するしかないのである。

しかし実はこの時、孝明は運命の岐路に立っていたのだ。

幾つかの偶然が重なり、彼を「その瞬間」に近づけようとしている。

その1――受験番号順で並ばされたら、たまたまある列の最後尾になったこと。

その2――孝明の立ち位置が、偶然にも出口のすぐ前だったこと。

この二つの偶然に加え、孝明は決定的な偶然をもう一つ重ねた。

すなわち、ふと振り返ったのだ。

断っておくと、別に彼は何かの気配を感じたわけではないし、物音が聞こえたわけでもない。

孝明がその瞬間に後ろを見たのは、本当に運命の悪戯《いたずら》としか言いようがない。

しかし……その小さな偶然により、孝明の運命は劇的に変わったのである。

「――うあっ」

振り返った瞬間にでっかい悲鳴を上げそうになり、孝明は反射的に手で口を塞《ふさ》いだ。

いま大声を出そうものなら、あっという間に新一年生とせんせー方の全員が、こっちを見るだろう。入学早々、いきなり目立つ真似は願い下げだ。

それにしても……驚いた。

そりゃそうである、知らぬ間に自分のすぐ後ろに人が立っていたら、誰でも驚く。

整列を終えたつい十分前には、絶対に絶対に誰もいなかったのだ。確実に自分が最後尾だったと断言出来る。

だが……今は「彼女」が立っている。最初からずっとそこにいたような顔で、ごく自然に「そこ」にいる。

やたらと大人びた美貌を持つ少女で、実に見応えがあった。

煌《きら》めく滝のように長い髪に、同じく長い前髪……京人形のように眉《まゆ》の上で切り揃《そろ》えている。

白磁に似た白い肌に加え、くっきりとした顔立ちをしており、おそらくは異国の人……そうでなくても、日本人以外の血が混じっているはず。

いや、問題はそんなことではない。

いかに彼女の美しさが際だっていたとはいえ、孝明もそれだけで固まったりはしない。むしろ、彼女の美貌は二次的なものである。

ブレザーの制服をぴしっと着こなし、彫像のように休めの姿勢を取る彼女は……どこか人間離

れして見えるのだ。

なぜそんな印象を持ったのかはわからない。わからないが、羊の群れに狼が紛れ込んだようなもので、その違和感は決定的だった。

お陰で、振り向いた姿勢で硬直したまま、孝明はその子から目を離せなくなった。

おぼろげにわかってきた……この子を見た瞬間、なぜ身体が震えそうになったのか。

この瞳だ……ぞっとするほど綺麗《きれい》に澄んでいるのに、一切の感情が抜け落ちた切れ長の瞳、この瞳のせいで視線を逸《そ》らせなくなったのだ。

無感動とか冷静とか、そんなレベルは遥《はる》かに超えている。もしも現世に本物の死神を見たとしたら、おそらく今と似た気分になるだろう……本気でそう感じたのだ。

凍り付いた時間の中、孝明が馬鹿のように見つめていると、少女の唇がそっと開いた。


『おまえを殺す！』


なんとなくそう言われるのではないかと予想――いや、ほとんど確信していたが、全然違った。

当たり前である。

実際の彼女のセリフは、ポツンと一言のみだった。

「……ちこく」

なにが言いたいのかわからない。

遅刻？　俺のことか？

途方に暮れていると、微《かす》かに小首を傾《かし》げ、「彼女」は言い直した。

「遅刻、した」

幼女みたいにぶつ切りで単語を吐き出し、後はじっと反応を待っている。

それがなに？　と聞き返しそうになり、孝明はそのセリフを飲み込んだ。

つまり、自分が遅刻したと言いたいわけか。

脳内が珍しくも高速回転する。

意外なことを言われたと思ったけれど、説明が足りないだけで普通の返事――かもしれない。

遅れて体育館に入ってきたので、仕方なく後ろに並んだ……要するにそう言いたいのでは？

理解が及んだ途端、孝明は自分が呼吸を止めていたことに気付き、ぶはあっと吐き出した。阿呆なことに酸欠状態になりかけていたのである。

慌てて、しばらく何度も息を出し入れする。めっぽう苦しい。

恐ろしく気が張り詰めていた。女の子が後ろに立っていたくらいで、なんてザマだろうか。

孝明は改めて相手を見返した。いつの間にか、「彼女」もじいっとこちらの目を覗《のぞ》き込んでいる。やはり人間らしい感情はなにも浮かんでいなかったが、あえて言えば――品定めをされている気がした。

こいつは私の敵か？　みたいな。そこまで行くと、考えすぎだろうが。

そのうち、彼女がまた囁《ささや》きかけてきた。

「私は……おかしいか？」

頷《うなず》きかけて、慌てて首を振る。

明らかにおかしいのだが、それを指摘してやるわけにもいかないではないか。

「いや、別に」

補足するべく、声に出してやる。

「俺も今日は寝過ごしたから、ちょっと頭がボケているんだ、うん」

返事なし。

孝明の言葉を反芻《はんすう》するように、少し考え込んでいる……やっと、小さく頷き返してくれた。

張り詰めていた緊張がどっとほぐれる。

向けられていた銃口が逸れたようなものだ。

このクールな少女の目つきは、それほど神経に応えたのである。

ドキドキしたまま、孝明はようやく前に向き直った。

不思議なことに、かなりの努力が必要だった。見られているだけで緊張を強いられる彼女なのに、なぜか大いに気が惹《ひ》かれているのである。

——この子と同じクラスになれたら、ちょっと楽しいことになるかもしれないぞ!?

この時の孝明は、まだそんな風に思っていた。

第一章　ヒキコモリ少女

期待というものは、往々にして裏切られる。

『クラス割りは、明日発表します』

――という説明を最後に入学式はやっとこさ終わり、孝明がもう一度振り向くと、既に少女の姿はなかった。

……なんでいなくなる？

めちゃくちゃ理不尽だし奇妙である。遅れて来たくせに、途中で帰ったのだろうか。だいたい来る時も帰る時も、まるで足音も気配もしなかったぞ。どうなってんだ！

煩悩たっぷりの疑問をぶつける相手もおらず、その日はそれで終わってしまった。

そして、期待の翌日。

廊下に張り出されたクラス割りを見ると、神部孝明は１―Ｄに決まっていた。文字通り走り込むようにして教室に入ったものの、あいにく例の「彼女」の姿は見当たらない。

内なる孝明の願いをよそに、ＨＲ《ホームルーム》が始まる時間までついに現れないまま。

朝一番に学校へ駆け付け、アイドルを待つ追っかけのごとく待機していたのに、全ては無駄だった。クラス数から考えて、確率は八分の一程度だったのだが、順当に外れたと。

孝明は、自分でも意外なほどがっかりした。なんとなく運命の予感がしていたのに、全然縁がなかったらしい。気になるあの子は違うクラスになってしまったようだ。

高校生活において、同じクラスかそうでないかは、小さいようで大きい。何しろクラスが違えば、ほとんどの時間は全然逢《あ》えないわけで。これでは、『授業中に彼女を見ていると、向こうもこっちに気付き、嬉し恥ずかしお互いに赤面してきゃっ（以下略）』などといった、ゲームチックな展開も期待出来ないわけである。

第一、冷静になって考えると、孝明は相手の名前すら知らない。

それでも一応、『そのうち、あの子がどのクラスになったか調べよう』と思いつつ、ついそのまま日は過ぎてしまったのだった。

☆

月は替わって五月……孝明が入学式の出来事を忘れかけた頃、変化は起きた。

最初のきっかけは、昼休みに旧友が作った。

中学以来の友人である滝川が、孝明の横を見てこう言ったのだ。

「そいつ、まだこねーなー」

「……なんだって？」

餃子《ギョーザ》パンをほおばったままで孝明が眉を寄せると、滝川は妙に嬉しそうな顔をした。

前の席からぐぐっと身を乗り出し、

「あ、おまえも知らなかったのか。さてはアレだろ、そこが空き机だと思ってたクチだな、だなだなっ？・」

こいつ、スッポンの生き血でもがぶ飲みしてんのか？

そう思うほどのハイテンションで捲《まく》し立てられ、孝明は小刻みに頷いた。

え、だって空き机だろ、それ。現に、他にも三つほどそういう机があるじゃん——という思いを籠《こ》め、友人を見返す。

滝川は自慢そうに、捲し立てた。

「違うね、全然違うね。そいつさ、入学式だけちょびっと出てきて、後はまるっきり登校して来ないんだと。これはアレだよ、きっといま流行の（はやってんのか？・）引き籠もりってヤツで」

「待て待て待てっ」

三連打の「待て」で、やっと滝川の勢いを止める。

相手が聞き間違えないよう、ゆっくりと問い返す。

「大事な質問はたった一つだ。……おまえがそんなに熱心に話すってことは、その『誰か』は女だな」

爽《さわ》やかな笑顔を浮かべ、ぐっと親指を立てる滝川である。

この時点で、孝明が例の「彼女」のことを思い出したのは言うまでもない。

客観的に見てこの上なく地味なエピソードなのに、脳内スクリーンでは7・1chサラウンドで

シーン再生が始まっている。記憶の中の少女は、夢のように美しかった。

「その子の名前は、背格好はっ⁉　あと、わかるなら簡単なプロフィールも」

「……質問はいっこじゃなかったのかよ」

さしもの滝川が呆《あき》れるほど、どどっと質問攻めにしていた。

「悪いが、そこまでは知らん。ゴロちゃんがこぼしてたのをちょっと聞いただけ」

ゲージが振り切れるような失望感故に、孝明が悪態をつこうとしたその時、頭上からダミ声が降ってきた。


「教師をちゃん付けとはいい度胸だ」


二人して仰ぐと、担任教師の須磨悟郎《すまごろう》が見下ろしていた。滝川が言う所の『ゴロちゃん』とはこの人なのである。

滝川はぶはっと息を吐き出した後に固まってしまい、孝明も少なからず驚いた。なんで昼休みなのにせんせーが教室に。

年季の入ったガテン系の中年さん、といった風貌の須磨は、口元に嫌な笑みを浮かべて孝明達を見やる。何か企みがありそうな目つきだった。

指でコツコツと机を叩《たた》き、

「……おまえ達、あの子に興味あるわけか？」

すかさず滝川が「いや、俺は別に」と即答したが、孝明は話の流れのままに頷いてしまった。

普通なら絶対に『無難に否定』を選ぶのに、この時はその安全装置が働かなかったのである。

うわ、ミスったと思っても、もう遅い。

須磨は嬉しそうに破顔した後だった。グローブじみた手で孝明の肩をどやしつけ、大声でのたまう。

「いやぁー、おまえはついとるぞ、神部」

わざとらしく両手を広げ、

「まさか、すぐに適任が見つかるとは思わなかった」

「……は？」

「任務だよ、任務。おまえにちょうどいい任務があるんだわ。受けてくれるな？」

——任務て。

何の話だかさっぱりである。しかし、少し腰を屈《かが》めた須磨がちょいと説明を加えた途端、孝明は脊髄《せきずい》反射のように飛びついていた。

老獪《ろうかい》なベテラン教師は、思わせぶりにこう囁いたのだ。

「放課後、職員室に来い。あるいは、あいつと仲良くなれるかもしれんぞ？」

須磨の最後の囁きがある種の罠《わな》だと仮定するならば、孝明は見事にその罠にハマった。

担任に確認した所によれば、空席の主は入学式で見たあの子に間違いなく、この時点でもはや孝明の運命は決していたと言っていい。

目の前で赤い布を振ってもらう必要すらなく、放課後にはきっちり職員室に来ていた。

正味の話、彼女にもう一度会えるのなら、なんでもしようという気になっている。

もちろん、須磨の説明も耳をダンボにして聞いた。

「つまりだな、あいつには先生も手を焼いとるんだわ。なにが原因かは知らんが、一向に学校に出てこようとしない。先生が行っても、ろくすっぽ話にならなくてなー。家庭の事情で今は……とかなんとか。帰国子女らしいんで、帰ったばかりでゴタゴタしとるのかもしれんが」

そんな曖昧《あいまい》な説明をした後、教師須磨は羆《ひぐま》のような顔をくしゃっと歪《ゆが》め（心配しているらしい）、孝明に言ったものである。

「だからな、神部。同じクラスメイトとして、ちょっと助けるつもりでがんばってくれや。一応ほら、『プリントを届けに』なんて名目も付けてやっから。先生もなるべく訪問して説得するつもりだが、登校拒否の生徒は他にもいてなぁ。毎日のように行ってやるのは無理なんだわ」

椅子に座ったまま嘆息し、ガショガショと頭をかく。

孝明は、この担任をかなり見直した。

実は優しい人だったのだ……外見はちょっとアレだけど。

「……要は、フレンドリーに話をして、その子を登校するように説得せよと？」

念のために訊《き》いてみると、須磨は厳かに「その通りなんだわ」と答えた。

「なるほど……重大な任務ですね」

微妙に間を空け、孝明は静かに呼吸を整える。

ここは演技力を必要とする場面なのだ。

『むうう……僕には荷が重すぎる任務ですが。しかしながら、クラスメイトのためですよね』

意識してそういう表情を作り、渡されたプリントを受け取った。

この間、頬《ほお》が緩みそうになるのを堪えるのに必死である。

――これで、堂々と彼女に会える！

恋愛道にも、時には「錦《にしき》の御旗《みはた》」が必要になることもある――孝明はそう思うのだ。

この場合、担任に要請されたというのが、それに当たるだろう。某アニメで誰かが言った、『彼女の家を訪問するオフィシャルな理由』というヤツである。

名前もやっとわかった。

あの子は、「雪緒《ゆきお》ユイ」というそうな。

……なんだか外人のような日本人のような、実に曖昧な語呂だ。両方が名前みたいに聞こえるし。でも、どっちも呼びやすいのは呼びやすい。

この町には引っ越してきたばかりであり、以前どういう生活を送っていたのか、担任の須磨もよく知らないようだった。

「多分あいつは、異国の空の下で随分と苦労を重ねて戻ってきたんだろう。あいつの目を見てい

るとなぁ、先生にはそれがよぉくわかるんだわ。儚《はかな》い雰囲気があるからなぁ……」

遠い目をして言う。眉がハの字である。

ゴロちゃんの脳内では、いま美しい物語が創作されているのかもしれない。

孝明もたまにやらかすので、容易に想像出来るのだ。

「今も、日本の学校生活に馴染《なじ》めるか不安でたまらないんだろうなぁ。入学式に出た直後、心が挫《くじ》けたのかもしれん。根っこの部分は良い子だと思うし、本当は高校生活でしたいことだって一杯あるに違いないんだわ。うんうん、こりゃ放っておくわけにはいかんだろう？　あいつも、誰かが手を差し伸べてくれるのを待っているかもしれんからなぁ。ここは、先生と神部であの子の力になってやらにゃ。なぁ？」

最後は目をしばたたき、須磨はそう結んだ。

いつの間にか仲間にされているのが可笑《おか》しかったが――。

この時点では、孝明に全く異存はなかった。


いやー、これは良い感じだ。

メモ帳に書かれた地図を見ながら、孝明は一人でニヤけている。

やはり、入学式で出会った彼女とは縁があったのだ。俺の勘に狂いはなかったと！

そうでなくて、こんなに上手くコトが運ぶものかっ。

なにせお膳立ては既に整っており、後はあの子と仲良くなるのを待つばかりじゃないか！

「――そのはずなんだけど」

孝明は足を止め、きょろきょろと周囲を見た。

この辺りは町の再開発計画の余波を食らってしまい、すっかり寂れきっている。道の両側には空き区画が目立つし、取り壊されかけてそのまま放置された家などもある。

元の住人のほとんどは、新たに整備された新市街の方へ去ってしまったのだ。

そんな忘れられかけた場所のさらに隅っこに、一際ぼろっちいマンションがあった。一応鉄筋ではあるが、アパートと呼ぶ方が相応《ふさわ》しい。

地図を見る限りでは、どうもここが彼女の住まいらしい。

なんか『帰国子女』などというハイソな経歴とは、あまり似合わないような。

だがまあ、そういうのは単なる偏見かもしれない。家が豊かでもないのに、親の仕事上の都合で仕方なく外国暮らししていたのかも。実は苦学生で薄幸の少女なのかも。

明らかに担任の影響を受けた結論を出し、孝明は勝手に納得しておく。

階段へ向かおうとして、ふと横を見る。

風化しそうなポストの陰に、誰かが立っていた。

これがまた、ため息が出そうなほど綺麗な女の子なのだ。

年の頃は十三、四歳くらいだろう。瑪瑙《めのう》のようにきらきらした大きな瞳と、はっとするほど白

い肌をした子で、孝明の足を止めるに十分だった。

この美貌度の高さからして、雪緒の妹だろうか？　あいつと同じく、ストレートロングの髪型だし。そう思ったものの、こちらと目が合った途端、女の子はさっと身を翻し、人通りの少ない道をパタパタと駆けていってしまった。すぐに角を曲がって姿を消してしまう。

置き去りにされた孝明は目を瞬いた。

今のは幻覚か？　それとも、どこぞの家の座敷童子《ざしきわらし》だったとか？

……いや、それならうちに引っ越して来てほしいくらいだけど。

まさかな……？　白日夢を見たような気分で首を振る。

まあ、近所の子供だったんだろう……この辺にも人は住んでいるってことで。


雪緒の部屋は、最上階の四階にあった。

エレベーターなどというシャレたものはここにはなく、自分の足で上がるしかない。

緊張感がにわかにぶり返し、孝明はゆっくりと階段を上って四階に着く。向かって右側が一列にドア、左側は手すりがあるだけで吹きっさらしの廊下になっている。

足を踏み出した途端、ジャリッと何かを踏んだ。

「げっ！　やたら細かいけど、電球の破片かこれ。あぶねーなー」

というか、ここは他にもゴミが落ちているし、綿埃《わたぼこり》なども舞っていたりして、衛生的にもよろしくないような。清潔感溢《あふ》れる雪緒の姿を思い出し、孝明は「似合わないなぁ」とまた思った。

そもそも、四軒ほど並んだ部屋のドアには、どれも表札がかかっていない。例外なく、一つもだ。

「ええと……404……404……と」

嫌な静けさに対抗するように独白し、廊下の端まで行く。雪緒の部屋は、すぐ横が非常階段になっている角部屋だった。

一度、正面に立つ。

どう見ても空き部屋にしか見えないが、担任も訪れていることだし、間違いなかろう。

深呼吸してから、制服の襟を正す。昼間に餃子パン食ったけど、口臭は大丈夫だろうか。今更どうにもならんか。せめて、話す時は呼気に気をつけよう。

気合い一発、孝明はぐぐっとチャイムを押す。

……遠くで「ブー」という味気ない音が鳴っている。でも返事なし、気配もなし。

かっきり十秒待ち、もう一度押す……さらに押す……押す押す……。

もしかして留守だろうか？　おいおい、色々と期待を膨らませていたのに、それはないだろうよ。覗き窓を逆に覗いたり、頑丈そうなドアにぴったり耳をつけたりまでしてみたが、ことごとく反応なし。しまいにはヤケを起こし、「チミの王子様が来たぞー」等の呼びかけまでしてみたが、結果は同じだった。

ここまで来たのに……留守……。

孝明はどっと肩を落とし、ようやくドアに背を向けた。すぐには帰る気になれず、廊下の手すりごしに、外の景色など眺める。

この近所は高い建物は他にないので、見晴らしだけは良かった。といっても、廃屋と化した家の屋根が連なっているだけで、面白くも何ともない。

一渡り眺めただけで、もう飽きた。

こうしててもしょうがないし、夜中にまた自転車で様子を見に来るか。

そう決めて、手すりから離れようとした時——

背後から声がかかった。


『まだ振り向かないで』


孝明の体内でビッグバン級の衝撃が弾《はじ》け、余波が全身を駆け巡った。

背後からグサリと殺《や》られる心境とは、多分こんな感じだろう。またしても呼吸が止まり、ぞくっと背筋にきた。

……ほんの十秒足らずだ。

手すりから外の方を見てたのは、僅《わず》かその程度の時間にすぎない。ついさっき、この廊下には自分しかいなかった。絶対の自信がある。一体、いつの間に⁉

人ひとりがここまで気配も物音もさせず、いきなり背後に立てるものだろうか？

光学迷彩でも持ってるのか、こいつ！

苦しさのあまり激しく息を吐き出し、孝明は喉《のど》を鳴らす。

とにかく、相手が誰かはわかっている。

悲鳴を上げなかったのはそのお陰なのだ。

「その声……ゆ、雪緒だろ」

「――静かに!!」

命令調の叱声《しっせい》。

声は決して大きくない。むしろ小声である。にもかかわらず、孝明の肩が派手に震えた。

その命令にはそれほどの迫力と、冒しがたい威厳が籠もっていたのだ。今のに比べりゃ、獅子の咆哮《ほうこう》だって聖歌隊の合唱みたいな物かもしれない。

いきなり触られた。

後ろにいる（はずの）雪緒が、孝明の制服の上着に手で触れ、そこから指を滑らせてすうっと下まで降りる。

脇腹も腰も、それから股間《こかん》近くの太股《ふともも》周辺まで触れられ、孝明は赤面した。なんのつもりかは不明だが、端的に言えば映画でよく見る武器検査のやり方と酷似していた。ただし、触り方が徹底している。こりゃどうなってる！　もしかして逆セクハラか？　いや、んな馬鹿な。

混乱している間に、また声が命じる。

「もう振り向いてもいいわ……ただし、ごくごくゆっくりと」

一ミリも逆らう気にはなれなかった。

質問も意見も口にせず、孝明は言われた通りにそっと振り向いた。

「……うわ」

驚いた。そこにいたのは確かに例のあの子……すなわち雪緒なのだが、制服を着ていた時とはまるでイメージが違ったのだ。

長い両足にぴっちりフィットした黒いパンツ、上衣も黒いスーツで、その下に着たブラウスだけが純白だった。

パンツスーツというヤツだろう。下半身は身体の線がモロに出ているわ、上半身は上着越しなのに胸の膨らみが目立つわ、非常に目の毒である。

前に見た時は大人びた美少女に見えたが、今はどこぞのスーパーモデルかと。とにかく、新入学の女子高生にだけは見えない。

「す……凄《すご》いな……」

感嘆のセリフが出てしまう。

が、少し目線を上げて雪緒と目が合った途端、甘い痺《しび》れにも似た感情は吹っ飛んだ。

今度は別の意味で、孝明の背筋に冷たいものが走った。

こっちの体温を確実に五度は下げそうな、凍《い》てついた瞳が見つめている。

なまじ澄み切った綺麗な瞳をしているだけに、その冷ややかさが骨まで染みこんできそうである。それに……正直に言えば、得体の知れない恐怖を感じた。

子供が理由もなく真の闇を恐れるのと同じで、はっきりと説明出来る類の感情ではない。現時点で雪緒はただのクラスメイトに過ぎず、恐れる理由など全くないからだ。

にもかかわらず、孝明の本能が全力で悲鳴を上げていた。

『今すぐ逃げろ！』と。

その声に従わなかったのは、単なる虚勢に過ぎない。

しかし、もしも雪緒が黙したままで視線を外さなかったら……孝明は盛大に震え出すか、その場で尻餅《しりもち》をついていたはずである。ゴロちゃんの印象だと、この子は薄幸の少女ってことじゃなかったのか。なんだ、この圧倒的な迫力は。

「……何か用？」

呟《つぶや》きと共にやっと目を逸らしてくれ、お陰で魔法が解けた。

萎縮《いしゅく》し、ギチギチに強張《こわば》っていた筋肉が動くようになり、孝明はほっと手すりにもたれる。

同級生相手に、俺はなにをびびってるのやら。

「いや、ええと。俺のこと、覚えてるかな。入学式で会っただろ？」

えらく形のよい顎《あご》が、ミリ単位で動いた。

頷いてくれたらしい。

「そ、そう。いや、そりゃ良かった。ははは……あ、用件ね、用件」

怖《お》じ気《け》づいていたお陰で、数秒ほど用件を思い出せなかった。

「そ、そうだ。プリントだよ、プリント。休んでいた間の。それと、出来たら学校へ出て来てほ

しいなと」

あたふたと鞄《かばん》から出したプリントを突き出す。

雪緒は、怪しい宗教のチラシを見るような目つきをした。

【高校生活を送るに当たっての諸注意】

などという、激しくどうでもよさげな目次が書かれたそれを、じいっと観察する。

三十秒ほど経ってからポツンと、

「……プリント？」

オウム返しかい！

「あー……もしかして、こんなのもらったことないとか？」

「ない」

一言かい！

あまりにも愛想のない返事に、やる気メーターは激減である。

それでも孝明は、『とにかくこの子を学校へ通うようにさせないと』という義務感でもって説得を続けた。

「普通は学校に通っていると、そういうのは嫌でももらえるんだって。当然、休めば溜《た》まっていく。だから、俺がまとめて届けに来たわけで。……ここまでわかるかな」

絹のようになめらかな髪を背中へ払い、雪緒が小首を傾げる。いかにも平板な声で淡々と返す。

「理解はしたけれど。……王子様が来た、というのは何かの暗号？」

聞いてたのか！　なら、返事してくれよっ。

絶対に顔が赤くなったと思う。

お陰で孝明は、相手のおかしな物言いについては聞き流してしまった。

「いやまあ……返事がないから、ちょっと叫んでみただけ。深い意味はないって。……それでどう？　明日くらいから登校出来そうかな」

「無理」

即答である。

……だいたい深みのある低い声はいいとして、その短い返事はナントカならんのかと。

「なんか、休まなきゃならない理由でもあるわけ？」

今度は返事なし。

ただ雪緒は、切れ長の目をすうっと細めた。

なぜそんなことを訊くのか、そう問いたいのだろう……多分。

「気にして当然だって。現に先生だって、心配して何度も来てるだろ。こんなに長く休んでいたら、他にも気にするヤツは出てくると思うよ。もちろん、今は俺が一番激しく心配しているわけだけど」

最後にさりげなくアピールしてみる。

これが効いたのか、雪緒はやっとそれなりの反応をしてくれた。

「みんなに、心配かけてる？」

肯定の印に、孝明は大きく頷く。

念押しも忘れない。

「特に、最初に出会った俺がね。他はまだ気付いてないと思うけど」

「……そう」

雪緒は明らかに表情を曇らせた。

何事か考え始め、ややあって吐息と共に結論を出す。

「わかったわ。明日からちゃんと学校へ行くわ」

「そ、そうか！」

孝明の頬が緩んだ。

任務完了の喜びと安堵《あんど》感に浸ってしまい、なぜ雪緒が簡単に前言を翻したのか、深く考えていない。

「……ところで、あなたの名は？」

「あ、悪い悪い。俺、神部孝明……覚えといてくれると嬉しい」

「忘れたりするはずないわ」

ぼそりと意味深なセリフを吐き、雪緒はなぜか顔を寄せてきた。思わず下がりそうになった孝明だが、あいにくすぐ後ろは手すりである。

「私のこと、おかしいと思う？」

どこかで聞いたセリフだった。

そう、入学式の時も似たようなことを訊かれたのだ。

沈黙を肯定と受け取ったのか、雪緒はさらに顔を近づけてきた。孝明の視界全てを、深い湖のような黒瞳《こくどう》が埋め尽くす。

相変わらず震えが来るほど綺麗で……そして、とことん冷ややかだった。

「お願いがある」

お願い？　オウム返しに問い返すと、雪緒は素直に頷いた。

「さっきの私の振る舞いに奇妙さを感じたとしても、そのことはクラスの人間に話さないでほしい。黙っていて」

「さっきのって……身体検査みたいに触ってきたことかな」

「それも含めて、あなたが『変だ』と思ったこと全て」

雪緒の瞳が、瞬きもせずに孝明を見つめている。

冷静そのものだが、その奥底に何らかの感情が秘められているような気がしてならない。

例えば懐疑……例えば懇願……例えば……殺気……？

——まさか！

有り得ない疑惑を否定している間に、雪緒の右手が孝明の左脇に、そして左手が右脇に伸びて、それぞれ手すりを摑《つか》んだ。

つまり、孝明は彼女の両腕で左右を塞がれたことになる。

気のせいかもしれないが、雪緒の目つきは、何かを決断する前兆のように見えた。

もはや二人の顔と顔はくっつきそうになっていて、孝明は雪緒の吐く息まで感じた。どのような意図があるのかは不明だが、お陰で怖さよりもときめきの方が勝ってきた。現金なものである。

「雪緒がそう望むなら何も言わない。一切黙っている」

「……本当に？」

孝明は右手を挙げ、宣誓のポーズを取った。

「君は、どこから見ても平均的な新入学生だ」

沈黙が帳《とばり》のように二人の間に広がる。

おそらく雪緒は、今の言葉が本当かどうか考えているのだろう。あるいは、いよいよ決断を下す瀬戸際なのか。

――何かが視界の隅に見えた。

雪緒の漆黒のジャケットの内側に、奇妙な物が見えた気がした。

もっとよく見ようと視線が下に向きそうになるのを、孝明は全身全霊で堪える。なんとなく、今それをするとまずい気がする。直感だが妙な確信がある。

どれくらいまずいかというと、それこそ命に関わるくらい。

目線を下げるな……下げると死ぬぞ。

宣誓の言葉に反し、今や孝明は雪緒が「変人」の一言では片付けられない女の子だと思い始めているのだ。

この子はヤバい。多分、これまで自分が出会ったどんな人間よりも危険だ。

それなのに、一方ではそんな彼女にどんどん惹かれ始めているのだった。

だからこそ、自分でも思いがけなく口にしていた。

「ただ さ。黙っているのはいいけど、条件があるんだけど」

ぶっ飛ばされるのを覚悟してたのに、雪緒はむしろやや安心したように見えた。

条件付きの方が信じられるらしい。

「……言ってみて」

「雪緒は、多分会話とか苦手というか嫌いなタイプだと見たけど、出来れば俺とは普通に喋《しゃべ》ってほしい。シカトはなしってことで」

未知の言語を聞いたような顔をする雪緒に、孝明は補足説明を加えた。

「いや、なにも難しいことを頼んでいるわけじゃなくて、普通に仲良くやろうってことで。それ以上の意味はないんだけど」

今の所はね、というセリフはあえて飲み込む。

「……話しかけられたら普通に答える。無視はしない。それでいいのね」

「そうそう。俺、席も隣だし」

「いいわ、その条件を飲む」

ありがとう。

早速、さりげなく述べた『席も隣だし』を爽快《そうかい》にスルーしてくれた。そこが一番デカいポイントだったのに。

まあ多くは望むまい。

雪緒が手すりから手を放して即座に離れた。退場の合図を間違えるほど鈍感ではないので、孝明は短い別れの挨拶《あいさつ》を最後に歩き出した。

記憶が蘇《よみがえ》る……さっき、ジャケットの奥に見えたアレ……黒い革がちょっと覗けただけだけど、ありゃなんだ。太めのサスペンダー？　いや、あんなぴっちりしたパンツなのに、そんなの必要ないだろう。かといってボンデージファッションというのも（多分）有り得ないだろうし。

――本当は、ある程度の予想は出来る。

あの時もっとはっきり見ようとすれば、多分見られたはず。そんなことしなくて命拾いした気がするが。しかしこの予想が正解だとすると、俺はなんであの子に深入りしようとしているんだ？　誰かに相談するか、ボストンバッグに着替えでも詰めて、速攻で逃げるべきじゃないか。

それこそ、彼女の噂《うわさ》も聞こえない場所へ。

理性はそう説くが、なぜか後悔はない。自分でも不思議である。

ダッシュで逃げる代わりに、孝明は廊下の端まで来て振り返る。

まだこちらを見送っていた雪緒に、尋ねてみた。

「……好奇心で訊くけど、俺が呼び鈴押してた時、どこにいたんだ。ドアが開いてないんだから、中から出てきたんじゃないよな」

質問に対し、雪緒は曖昧に上の方を指差した。

上？　上には廊下の天井しかないのだが。

三秒ほど待ったが、雪緒は氷像のように直立したまま沈黙している。

訊き返す気にもなれず、孝明は首を振って階段を下りていった。

☆

孝明が廊下から姿を消した後も、ユイはその場を動かずにじっと立っている。部屋に戻ったのは、およそ数十秒も経ってからだった。

もしも、ユイと孝明の双方を見ていた者がいたら、ちょっと驚いただろう。

なにしろ、彫像化していたユイが動き出したのは、孝明がマンションを離れたまさにその瞬間だったからだ。

彼女の位置からでは、孝明の姿は見えなかったのに。

自分の部屋に戻ると、ユイはフローリングの床に座り込み、脇に置かれた電話を引き寄せた。

ちらっと腕時計を見やり、おもむろに電話を掛ける。記憶してある番号をプッシュし、回線が繋《つな》がるのを待つ。相手が出るとすぐに話した。

「店開きは順調です。開店まで作業を続けます」

間髪入れず、掠《かす》れた声が問う。

『ご苦労。バーゲンに備えてバイトを送ろうか？　それと、納品状況は？』

ほんの刹那《せつな》の間を置き、ユイはきびきびと返す。

「……いえ、現状で問題ありません。納品状況も極めて順調です」

『よろしい。では、時間に遅れないように』

「はい」


定時連絡を終え、受話器を置く。

すぐに立ち上がらず、そのまま壁にもたれた。

ユイには珍しく、今の判断が正しかったかどうか考えていたのだ。

学校については、自分の裁量の範囲内にある。現時点、それほど問題が生じているとは思えない。学校を長く休めば、当然様子を見に来る者がいても不思議ではない。滞在が延びた以上、予想出来た事態だ。

そもそも、今回に限ってこのような偽装工作をするのが疑問なのだが……まあそれは、一兵士が考えることではない。上層部には上層部の思惑があるのだろう。

自分はただ、命令に従うだけだ。

とはいえ、たまに見に来る教師はともかく、あの少年はまずい気がする。

思えば最初に会った瞬間から、なにかそんな予感があった。

先程も、どうやら何か気付いたようだし、本当は殺してしまうつもりだったのだ。なのに結局、

そのまま帰してしまった。

薄闇の部屋で膝《ひざ》を抱えたまま動かず、ユイはさらに考えを進める。

まあ……仕方ない。

殺す方がリスクが高いのだから、誤った判断だとは言えない。なにか胸がざわざわするが、これは多分、部外者と話したせいだろう。

もっとも、それを言うなら先に様子を見に来た担任も部外者なのだが。しかし彼と話した時は、そういうざわめきは一切感じなかった。

唐突に、カンベが言ったセリフを思い出す。

『今は俺が一番激しく心配しているわけだけど』

ユイは無表情のまま周囲を見る。相変わらずそこら中がモノトーンであり、視覚異常は治っていない。闇に沈みつつある部屋は、まるで自分専用の墓場のように思えた。

無意識のうちに呟きが洩《も》れる。

「……私を心配する者などいはしない」

空虚な独白は、部屋の中に寒々と響いた。

第二章　うまい棒食べる?

朝、勇んで教室へ躍り込んだものの、まだ雪緒は来ていなかった。

ちょっとがっかりした孝明である。

ただし、HRまであと十五分は残っているので、現時点で気落ちするのは早い。

窓際最後列という自分の席に、孝明は乱暴に鞄を放り出す。生意気にも「プレイボーイ」なんか読んでいた滝川が、驚いたように振り返った。

「なんだ、おい。今日は早いな」

「まぁ……たまには、まともに登校しようと思ってさ」

「嘘つけ、馬鹿」

孝明の返事を、滝川は一蹴《いっしゅう》した。

じろじろと眺めた挙げ句、

「……ずばり、女だな」

「なんでわかる!?」

しまった、と思った時にはもう遅い。

滝川は時代劇の越後屋じみた顔で、にたぁっと笑った。

「カマかけ成功と。んで……女絡みとなれば、昨日のゴロちゃんの一件だろう?」

「ああ、そうだよ。それが悪いか」

すっかり開き直り、孝明はふて腐れる。

「うわ。まさか本当にそうだったとは……なんだなんだ、ちょっと説明してみ。な？」

うるせー誰がするか、とは思ったものの、よく考えたら雪緒が登校してくれればどのみちバレる。ここは、誤解を招かないように教えておくべきだろう。

というわけで孝明は、プリントを届けに行った話を手短に教えてやった。もちろん、約束通り余計なことは一切言わない。

聞き終わった滝川は、真っ先に煩悩全開の質問をしてきた。

「で、その子って可愛《かわい》いんか？」

「可愛い？　う～ん……」

孝明は腕組みなどして考え込んだ。

雪緒には、あまり「可愛い」という形容は当てはまらないと思うのだ。それでなくとも、アダルトな雰囲気を漂わせまくりなわけで。

美形なのは論を待たないにしても、あの子の場合、いわゆるゲージュツ的な美しさの方が強いと思う。そりゃもう、例えばネロが最後にルーベンスの絵を見て「なんて綺麗なんだろう！　あぁ僕はもう満足だよ、パトラッシュ。とてもとても幸せだぁ」とため息をつくような、そういう美しさである。アイス・ビューティーなどと形容すると、さらにしっくりくる。

何しろ、あの真っ黒なパンツスーツは、あまりにも雪緒にハマりきっていた。モデル系か……

あるいは殺し屋みたいに見えた。

しかし滝川は、孝明が考え込んだのを明らかに誤解したようで、たちまち興味の失《う》せた顔になった。

「なんだ……つまらん」

「いや、まだ何も言ってないだろ」

「言わなくても、今の『微妙な間』でわかるわい」

そうかよ。せいぜい、本人が来た時に驚くなよな。

とはいえ――。

黒板の上にある時計を見上げ、孝明は落ち着かない気分になる。HRまであと二分を切っている。昨日はちゃんと来ると言ったのに。

「しかも、結局また休みみたいじゃん。おまえの説得、全然成功してねーよ」

気にしているところへもってきて、滝川がしっかりトドメを刺してくれた。

「一度引き籠もると、なかなか抜けられないって言うしな」

だからっ。そもそもあの子は、真っ当な（というのも変だが）引き籠もりかどうかも怪しいんだって！　そう言い返すより先に、旧友は前を向いてしまった。完全にどうでもよくなったのだ。

そもそもHRまではあと一分を切っており、既に全員が席に着きつつある。

もはや、雪緒が遅刻を免れる可能性はほとんどない。

約束したのに……なにかあったんだろうか。

少々の無念とかなりの心配を胸に、孝明はもう一度戸口の方を見ようと――

「はわあっ」

我ながらキテレツな声が出た。

「なんだよっ。気色の悪い声を――」

再度振り向いた滝川も、孝明の視線の先を見てぶっつりとセリフを切る。ちんまい目が、まじまじと見開かれていた。

お陰で近くにいた生徒も気付き、局地的な驚きの波紋は、すぐにクラス中に広がることとなった。嘘のようにざわめきが途切れ、真空地帯かと思うほどの真の静寂が訪れる。

全員一人の例外もなく、孝明の横にしんと座す雪緒を見ている。入学式が過ぎて一ヶ月以上経つのだ。そりゃまあ、今頃見知らぬ美形が紛れ込んでいたら驚くだろう。

チャイムの音が派手に鳴り響き、皆が息を吹き返す。一斉にざわめきが戻った。

……これで三度目か？

孝明のみが、自嘲《じちよう》気味に思い出す。

またしても、一切の物音も一切の気配もしなかった。注意していた自分にしてからが、ちゃんと視線を向けるまで気付かなかったのだ。神出鬼没にもほどがあるだろう。

ともあれ、三度目だけに立ち直るのも早い。

なんとなく制服の襟を直してから、孝明は慎重に声をかける。

「その……おはよう」

雪緒はじろっと孝明を一瞥《いちべつ》し、そのまま前に向き直ってしまった。それでも約束は覚えていたのか、「おはよう」という返事は聞こえた。

刑執行の朝、看守が死刑囚に挨拶するような声音だったが。

一見、いつもの無表情を保っていたが、どうやら雪緒は自分に注目が集まっていることについて、ややいらだっているようにも見える。もしかしたら、『こうなったのもこの使えない男が素っ頓狂《とんきよう》な声を上げたせいだ』と逆恨みしているのかもしれない。

しかし孝明は思うのだ……というか、本当は雪緒と出会った瞬間から確信していた。

彼女のような存在が、平凡その物のクラスの中で目立たないはずがないだろうと。自分がでっかい声を上げなくても、どのみち大注目は回避出来なかったはず。

現に今も、前席から旧友が耳を引っ張ってきた。

「痛いなっ。なんだよ!」

小声で文句をつける。

「わざと痛くしてんだっ。それより、この人どこのスーパーモデルだおい」

「耳に息を吹きかけるな、気色悪いっ」

孝明は顔をしかめる。

「いいから前見てろ。……雪緒は普通の同級生だって」

「普通の同級生だぁ？」

とびきり卑猥《ひわい》なセリフを聞いた、という風に唇を歪める滝川である。

「いつからおまえの『普通』が、そんなにレベルアップしたよ。自分の顔を、トイレの鏡でちゃんと見てるか？　おまえはトム・クルーズかコラ。親友の俺を出し抜きやがって」

「なんでそんな話になるんだ、おいっ」

みっともなく揉《も》めかけたが、そこで担任が入ってきた。

滝川も渋々前を向く。

例によってゴロちゃんは、冬眠間際の熊を思わせる眠そうな顔で一渡り教室内を見渡し……雪緒を見つけた。途端に、開こうとしていた出席簿を教卓にバンッと置く。

孝明は今になってやっと思い出した。

そう言えば、この人に報告するのを忘れていた。成功したら電話くれ、とか言われてたような。

「おおっ！」

須磨は吠《ほ》えるように叫んだ。

「やったな神部！　いやぁ、大した物だわっ。これこそが友愛だ、無償の愛だ！」

まず間違いなく顔が赤くなったと思う。

雪緒だけに向けられていたクラスの視線が、自分にも大盤振る舞いで降り注いだ。

いわゆる「愛」などという恥ずかしいセリフを、臆面《おくめん》もなく叫ばないでほしい。どこぞの宗教の人か、アンタは！

焦って横を見ると、雪緒までが孝明の方を見ていた。それも、恐ろしいまでに真剣な顔で。おそらくは自分でも意識せずに小首を傾げ、さらさらと黒髪が流れる。

「――あい？」

……単語で、しかも棒読みでもって問われても困るわけで。

途方に暮れる孝明である。

こういうのは返答しにくい。まさか「いや、君なんか愛してないよ」とも言えないし。つーか、友愛だろ友愛。

肝心の教師須磨は、助け船どころか死者に鞭打《むち》つ勢いだった。

なおもでっかい声を張り上げ、

「みんなも聞けっ。神部はなぁ、ずっと休んでいた雪緒を心配して、登校するように説得してくれたんだわ！　エライぞ、神部。先生は感動したなぁ」

「ちょっと。元々のきっかけは、せんせーが」

孝明の声は、沸きに沸いたクラスメイト達の声であっさり消されてしまった。

事情もわからんのに拍手する馬鹿がいるわ、雪緒を見て奇声を上げるトンチキがいるわ、机をバンバン叩いて囃《はや》すド阿呆がいるわ――

結局この混乱は、教師須磨が皆をどやしつけるまで続いたのである。

孝明にもなんとなく予感があったのだが、案の定、一時間目が終わった時点で雪緒がこちらを見た――というか睨《にら》んだ。

「ちょっと……いい？」

低い声が渋い……どころか、めっぽう怖い。

しかし、これはタイミング的に実にまずかった。ちょうど滝川が満面の笑みで雪緒に話しかけようとしており、さらにはおよそ十人ばかりの女子生徒がどっと押し寄せて来ていたのだ。

雪緒の呼びかけを耳にするなり、そいつら（と滝川）が一斉に喋り始めた。

『えー!?　雪緒さん（なんでさん付け？）って、神部の知り合いなの。なんでなんでっ』
『えー、俺は滝川といって――』
『ガッコ休んでたの知らなかったぁ。あのさぁ、良かったら今までの宿題とか課題とか、あたしが全部教えてあげる』
『ねえねえねえっ。雪緒さんって帰国子女？　少なくともハーフかなんかだよねっ。ねえ、今日恵子達とカラオケ行くけど、良かったら雪緒さんも』
『あのさあっ。俺は滝川良夫といって神部のツレで』
『あー、体操服とか持ってないいんじゃない、雪緒さん？　良かったらあたしの予備を貸して――』

すっと立ち上がった雪緒を見て、皆が綺麗に口を噤《つぐ》んだ。

別に雪緒がなにか妙なことをしたのではない。ただ垣根と化した女子生徒達を、順繰りに見やっただけだ。しかし、ただそれだけでやかましい喧噪《けんそう》が止《や》んだ。

全員、息を詰めて雪緒を見上げている。

あるいはそれは、遥かなる高峰を仰ぐ時の気分に似ていたかもしれない。

雪緒の瞳を覗き込んだ者が、例外なく畏敬《いけい》の念に打たれたのは確かである。（それが何かは不明だが）圧倒的な経験値の差を本能で悟った――と言い換えてもいい。

しんと静まりかえった中、雪緒が今一度、孝明に目配せする。その無言の要請を断る度胸などなく、孝明は黙って席を立ち、雪緒に続いた。

☆

雪緒は廊下の端まで歩き、階段の方へ曲がった所でやっと止まった。

いきなり振り返り、

「どういうことなの」

「……という と？」

真面目に聞き返したのに、じろっと睨まれた。

「目立ちすぎているわ……。それに、なぜあんなに生徒が寄ってくる？」

「……う〜ん」

これは簡単そうに聞こえて、実はひどく難しい質問だと孝明は思う。

雪緒は本気で「学校」という場所がよくわかっておらず、さらに言えば自分自身についても色々と無自覚なのかもしれない。

君、トイレの鏡で自分の顔をじっくり見たことある？

――などと質問したい衝動に駆られたが、なんとか抑制した。多分、雪緒には質問の意図が通じないだろう。

無難に説明しておく。

「まあ……あれが普通だよ。転校生とか新入生とか、そういう人は注目されるもんでさ。それに、雪緒は美人だから」

「最後のは嘘だ」

身も蓋《ふた》もなく断言してくれた。

嘘じゃないというのに。

自分の美貌を自覚していない美少女というのは、非常にやっかいかもしれない。だいたい、普通は有り得ないのだが。雪緒が続ける。

「前提条件も違う。新入生なのはクラス全員がそうだし、私は転校生でもない。少しの間、休んでいただけのはず」

「……それでも、普通の生徒の中じゃ目立つんだって！　自分がそういうヤツだと自覚した方が

いい」

どうも孝明の指摘は痛い所を突いたようで、雪緒が眉根を寄せた。

なんだか自嘲気味に、聞き覚えのあるセリフを返す。

「やはり私は……おかしいのか」

「この場合はおかしいんじゃなくて、『良い意味で特別に見える』ってこと。そこを勘違いしないように。あいつらみんな、雪緒と仲良くなりたいわけで。あ、言うまでもなく、俺がいっとう仲良くなりたいんだけど」

厚かましくそう述べてみた。

「それも嘘だ。仕事以外のことで、私に関心を持つ者などいるはずがない」

仕事ってなんだ、と聞き返そうとしたが、先に雪緒が首を振った。

「いや、なんでもない」

予鈴が鳴った。

その途端、雪緒が真《ま》っ直《す》ぐに背筋を伸ばす。

「……帰る」

「おいおいっ。授業は？」

「学校とやらに来たのは間違いだった。当初はそうした方がいいと思ったが、むしろ逆だった」

それを最後に、振り向きもせずに階段を下りていく。

孝明も後を追いかけ、

「待てって！　教室に鞄も置いたままだろうっ」

一瞬だけ歩く速度が緩んだが、すぐに戻った。

「中身は教科書だけだ。別にいらない」

「そんな無茶な……」

孝明はさすがに絶句した。

雪緒がはっきりと自分と違う世界に属する人間だと孝明が悟ったのは、まさにこの時だったかもしれない。

普通の高校生でも、場合によっては学校をさぼることもあるだろう。しかし、『二度と戻らない』ことを前提にとなると話は別だ。

どんなに学校嫌いのヤツでも、さすがに少しは思案するはず。

だが雪緒には、そんな迷いなど最初からないのだ。今日登校してきたのも、なにか理由あってのことかもしれない。例えば、孝明が『皆が心配しているよ』と教えたので、騒ぎが拡大しないよう、あえて登校した——とか。

有り得る……少なくとも、自分が説得したから登校する気になった、などという理由よりは遥かに現実的だ。

一階に至り、昇降口に向かおうとしている雪緒に、孝明は声をかける。

「あのさ……訊こう訊こうと思ってたけど」

よせ、やめろっ、その質問は危険すぎるっ！　もう一人の自分がそう叫んでいる。しかし、ま

るで振り返りもしない雪緒の背中を見ていると、どうしても止まらなかった。

彼女がどんな返事をするのか、なんとしても確かめたい気になっている。


「雪緒のいう『仕事』ってのは、拳銃が必要なことなのか」


雪緒の長い黒髪が舞うのが、ちらっとだけ見えた。逆に言えば、それしか見えなかった。

今度こそ反応があったのだ。……それも考え得る限り、最悪の形で。

まるで、この子だけが違う時間帯にいるようだ、と孝明はぼんやりと思った。ここまで来ると、動きが速いとかそんなのは超越している。相手の背中をずっと見てたのに、なんで振り向く瞬間もロクに見えないんだ。有り得ないだろ！

いや、それより差し迫った問題は――

無意識のうちに、孝明は唾を飲み込む。

目の前に見える黒い銃口が、なにかひどく非現実的に思えた。まるで、映画かドラマの一場面みたいだ。実際は嫌になるほどリアルだけど。

雪緒を刺激しないよう、そっと両手を広げる。

「学校にまで持ってきたんだな……。勉学の道具以外を持ち込むのは、校則違反だと思うぜ。生徒手帳にも書いてあったようななかったような」

校則なんか読んだことないけど。

「やっぱり、なにか気付いていたのね」

雪緒は孝明の話を聞いていなかった。

「マンションの廊下で話した時、あなたの様子が変だと思った。迷わず、あそこで殺しておくべきだったか……」

恐ろしいことをさらっと言うてくれた。

雪緒の手は真っ直ぐに伸ばされ、自動拳銃とおぼしき銃口が孝明の頭をしっかりと狙《ねら》っている。見るからにごつい銃なのに、雪緒の腕は微動だにしない。扱い慣れているのは確実だ。表情も冷静そのものであり、明らかに慣れというか年季が感じられた。十代の少女としては信じがたいが、おそらく本当に経験豊富なのだろう。

多分、世の中には人の死に全く動じない人間がいて、その一人がこの子なのかもしれない。最初に出会った時の予感通り。

大当たりおめでとう、俺。

賞品として、苦しまずに殺してもらえる特典が付く……いらねー。

——じゃなくて！

落ち着けっ。と、とにかく落ち着け！

孝明は心の中で自分に命じた……状況から、容易《たやす》いことではなかった。刃《やいば》を思わせる雪緒の声が、さらに追い打ちをかける。

「どこまで知っているの？　答えなさい！」

「ほとんど何も知らないって！　ただ、昨日雪緒と話した時、ジャケットの陰から黒い革が少しだけ見えた。俺は銃に詳しくないけど、あれはホルスターの一部かなと思ったわけで」

「……それだけ？」

「誓ってそれだけだ」

いつしか自分が両手を上げているのに気付き、孝明は我ながら驚いた。全然意識していなかったのだ。

だがおそらく雪緒は、銃を撃つのに一々躊躇《ためら》うような性格ではないだろう。撃つべきだと決めたら、速攻で撃つという気がする。それを思えば、ホールドアップはむしろ遅いくらいだ。ただし、手を上げてもやっぱりあっさり撃たれるかもだが。

「ここで撃つと、大勢飛んで来ると思うけどな。それ以前に、すぐにも誰かが通りかかるんじゃないか」

落ち着いて諭したつもりが、孝明の声はしゃがれていた。

「……怖いの？」

冷静な声が問う。

ちょっとむっとした。

「銃を突き付けている相手が本気だと思えば、そりゃ怖くて当然じゃないか。雪緒は怖くないってのか」

あっさり頷かれた。

「立場が逆でも、私は怖くないと思う。多分、どこかおかしくなっているのだろう」

孝明の眼前から、ふいに銃口が消えた。

正確には、雪緒の右手が霞《かす》んだかと思うと、あっという間に銃その物が消えた。懐に収めたのだろうが、それにしてもめちゃくちゃ素早い。人間の反応速度を超越している気がする。

「私に関わるからそんな思いをするのよ」

また歩き出した雪緒に、孝明は慌てて追いすがった。

「い、今のって冗談だったのか？」

「いいえ。でも、今となってはあなたを殺しても無駄だわ。だから見逃しただけ」

代わりに私が消えることにする、などと続ける。

マンションを引き払う気だ、と即座にわかった。

「待てって！　あそこにいればいいじゃないか。俺は何も喋らないぜ。マジで事情を知らないんだから、バラしようがない」

「それでも、銃のことは報告出来る」

「報告ってなんだよ。そんな密告みたいな真似、しないって」

「信じられない」

非情にも、断言された。

雪緒は昇降口の下駄箱を前に、

「あなたに私を庇《かば》うメリットなどないはず」

「いや……メリットもシャンプーも……。友達ってのはそんなモンじゃないだろう」

靴を取り出そうとした状態のまま、雪緒が固まった。

そろそろと首を動かし、ミステリーサークルでも発見したような顔で孝明を見返す。

「……私にトモダチなどいない。いたこともない」

友達という単語を発音する時、ひどくぎこちなかった。勘違いかもしれないが、孝明はそこにごく微かな光明を見た。

愛想はないにせよ、少なくとも雪緒は『友達』という単語に反応した——そう感じたのだ。

「なら、これから作ればいいだろう。俺はもう友達の気でいるんだけどな」

突然、雪緒の表情に緊張が戻った。

少し遅れて、孝明にも足音が聞こえた。廊下の向こうにだらしなく制服を着崩した二人組が見え、彼らは孝明達を見た途端、「おっ！」という顔になった。

あっち行け！　という願いは叶《かな》わず、あいにく二人とも速攻でやってきた。襟の記章が緑色なので、三年生だろう。見るからにガタイがよく、加えてこの若さで早くもちんぴらテイストが漂っている。

彼らのお目当ては（当然ながら）雪緒だったようで、妙に馴れ馴れしい声をかけてきた。

「おやおや、早退か？　どっか気分でも悪いのかな、後輩」

「なんなら俺達が送ってやるけど……おうちまでさ」

先入観かもしれないが、下心がどっぷりと溢れていた。

雪緒は全く無視しているものの、どうもこいつら、どこまでも彼女の後をついていく気がする。

孝明は密《ひそ》かに深呼吸した。

敗戦を覚悟する将軍とは、こういう気分かもしれない。敵は校則違反の茶髪と、同じく校則違反のピアス野郎。勝率はおそらく、一パーセント以下。

いけ、孝明。友情（というか愛情というか）を証明してみせろ！

悲壮な決意を胸に、自分より二割増しでごつい三年生の前に出る。

「いや。俺が送るんで問題ないっす」

二人はにんまりと笑い、目配せなどした。「おめーには訊いてないぜ、どうでもいい後輩君」

「いやでも――うわっ！」

いきなり茶髪に、どんっと突き飛ばされた。思ったより馬鹿力で、数歩はよろめいたと思う。

早くも力ずくかよ！

孝明が敵の凶暴さに怯《ひる》んでいる間に、ピアスがさっさと横を通り過ぎようとする。しぶとくその前を塞ぎ、背後に怒鳴る。

「逃げろっ、ゆき――て、もう行っちゃってるし!!」

人が袋叩きになるのを覚悟で踏み止《とど》まっているというのに、雪緒は既に昇降口から出る所だったのだ。……まあそれでいいのだが、でもなんかこう、納得がいかないというか。

「ほれ、とっととどけ。可愛い後輩を送れなくなっちまうだろ」

ピアスがめんどくさそうに言う。

「やめましょーよ。もう授業が始まってるし、先生も通りがかるかもしれないし」

二人とも、嫌な目つきで孝明を見た。

話し合いなどという、ぬるい対応をする気はないらしい。

日頃からカツアゲなどの実戦で鍛えているとみえ、ピアスが急に孝明の背後に回って身体を羽交い締めにし、茶髪が腕を振り上げる。

素晴らしい連携で、全然何も出来なかった。

無論、雪緒のプレッシャーに比べれば、こいつらなど春風のような穏やかさだが、それでも殴られたら痛い。逃げようとしても、ピアスのせいで全く身体が動かない。

さすがに少し焦ってきた。

「仮にも先輩なのに、二人がかりでいきなりそれはないんじゃゃ?」

「いいから歯を食いしばれ、後輩。人生の先輩として教えといてやる。こういう時は、ぶん殴った方が話が早いんだよおっ」

にやけた表情を張り付かせたまま、茶髪が思いっきり拳を繰り――出そうとした時、誰かがその腕を取った。

孝明も含めて三人共、えっという思いを籠めて相手……つまり雪緒を見る。

この子はついさっき、昇降口を出る所じゃなかったのか。いつの間に戻ってきたんだ？

気配を悟られずに接近していた雪緒は、茶髪の腕を摑んで、実に無造作に放り出した。

……おいおい。

体格差と腕の細さからして有り得ないのだが、事実雪緒は、ぬいぐるみを扱うように軽々と茶髪を放り投げた。――片手で。

見た感じは「軽々」だったものの、大柄な茶髪は反対側の下駄箱に叩き付けられ、昇降口全体が揺れそうな破壊音を響かせた。

綺麗にバウンドしてその場に潰える。

「笹岡っ！」

孝明を放し、ピアス男が悲痛な声を上げる。

風のように雪緒がそちらに向き直る。

「……なん」

相手が何か言いかけたのを全く聞かず、右手が持ち上がってふっと霞んだ。

次の瞬間、ピアス男はくた～っと膝の力が抜け、その場にすてんと尻餅をついた。さらにぐらっと身体が傾ぎ、横倒しに倒れてしまう。

なにをされたのか孝明には全く見えなかったが、もしかしたら手刀で首筋の辺りを強打されたのかもしれない。どうでもいいが、白目を剥《む》いているような……うわぁ。

「てめぇ……一体こりゃどういう」

なんとか立ち上がろうと努力していた先の茶髪が、呻《うめ》き声を上げた。だいぶ怯《おび》えているようで、少しでも雪緒から離れようとしていた。

当の雪緒は醒《さ》めた声で宣告する。

「……うるさい」

孝明は大急ぎで彼女の前に回り込んだ。

そうしないと、なんかまた破壊的なことをしそうだったからだ。

「もういい！　それ以上はやりすぎだっ」

雪緒がじろっと孝明を見る。

こいつもついでに殴るか？　などと思案してそうな目つきだった。


『こらあああっ。授業中になんの騒ぎだあっ』


聞き覚えのある怒鳴り声がした。

ドスドスという重厚な足音を響かせ、今度は担任のゴロちゃんが姿を見せる。

惨状をざっと眺めて、目を瞬く。

「むう。どうしたんだ、これは。おまえがやったのか、神部？」

「は？　いやっ、これは雪緒が乱暴されそうになって——て、もう外に出てるしっ」

視線を戻すと例によって雪緒は消えており、今度こそ昇降口を出ていた。教師の前なのに、いい度胸である。

孝明にとって幸運だったのは、三年生二人が思ったより悪名高く、かつゴロちゃんが単純だったことだろう。

たちまち納得してしまい、矛先が彼らに向いた。

「相田に笹岡、またおまえらかっ。いつになったら懲りる、えっ。こうも続くと、停学も考える必要があるんだわっ」

「あの、先生っ。俺、雪緒が心配だから見てきます」

孝明は光の速さで靴に履き替え、背後に怒鳴った。

「あ、これっ。おい、神部！」

ゴロちゃんがなにか言いかけたが、ボロが出ないうちにとっとと走り出す。

後のことは後のこと……今は、それどころではないのだ。


中庭を横切る途中で追いつき、校門を出る時は一緒だった。

背筋を伸ばし、手ぶらで颯爽《さっそう》と歩く雪緒は、勝手に横に並んだ孝明をちらっと見た。でも、いつも通り無言の構えである。

もはや慣れてきたので、孝明としても特に気にならなかった。

「わちゃー。鞄を置いたままだ……まあいいか。あんなもん、誰も盗らないわなー」

また横目で孝明を見る雪緒。

どうせ無視かと思ったが、今度は違った。

「……私は、なぜあなたを助けたのだろう」

「いや……助けられた当人に訊かれてもね。とりあえず、俺の方が助けるつもりだったのに、当

てが外れたよ。はは」

雪緒はそれには答えず、独白を続ける。

「どうしてもわからない……放って帰るべきだったのに」

「またそういう、アウトサイダーな物言いをする。友達だからってことでいいじゃないか。雪緒は自分で思うほど無感動でもなかったってことさ」

「私に無駄な感情などない。そんなモノがないからこそ、こんな仕事を続けて来られたのよ」

詳しく聞いてみたい言葉だった。

しかしあえてそれを堪え、孝明はポケットを探る。

「だけど、さっきは俺を助けた。感情のないヤツはそんなことしないぜ。――と、よしよし、あまりヨレてないな」

一本だけ残っていた非常食を差し出す。

孝明が取り出したそれを、雪緒は小型のダイナマイトを観察するような、実に胡散《うさん》臭い目つきで眺めた。それでも引っ込めずに促すと、「まあ仕方ないか」という表情で受け取る。

内心、やった！　と思った。

「……うまいぼう?」

包装に書かれたネームを棒読みする。

「そうそう、うまい棒のチョコ味ね。俺の好物でさ。食べたことなかったら食べてみれば？　さっきの礼だよ、礼」

無言のまま十歩ほど歩き、結局雪緒は包みを破って中身を出す。さらに十秒ほどしんねりと『うまい棒チョコ味』を観察、やっと端っこを齧《かじ》った。……ちょびっとだけ。

用心深く味わった直後、切れ長の目が少し見開かれる。

あっという間にカショカショと全部食してしまった。微妙な目つきでこちらを見たので、孝明は哀《かな》しい微笑を浮かべてやった。

「幸せは長く続かないものだよな。……それが最後の一本だったんだ」

雪緒の無表情な顔に、微かな落胆が走る。

ここぞとばかり、孝明は持ちかけた。

「がっかりしなくても、明日学校へ来たらまたやるけど？　今度は……違う味の」

雪緒は黙って前を見た。

無表情のまま、どんどん歩く。

……むう、やはりモノで（しかもうまい棒で）釣ろうというのは甘いか……そう思った孝明だが。分単位の時間が流れ、雪緒が口を開いた。

小さい声でぼそっと、

「……考えてみるわ」

心なしか悩ましい表情をしていた。

もちろん、たかが十円の駄菓子に釣られているのではなく、さっきの出来事について、雪緒は雪緒なりに思うことがあったのだろう……。

☆

遠ざかっていく雪緒を、孝明は映画「シェーン」のラストシーンのごとく見送っている。

雪緒のセリフに望みを繋いだものの、果たして明日も彼女と会えるかどうか少し――いやかなり自信がなかった。

かといって、このまま雪緒にくっついてマンションまで同行するわけにはいかない。それこそ、ただのストーカーだ。

とりあえずは「うまい棒効果」を期待するしかないのだ。我ながら甚だ心もとない期待だが。

今の自分に出来るのはせいぜい、これから即、コンビニに行くこと。そして「うまい棒」を補充することだけだ。ため息をついて回れ右をし……そこで気付く。

人通りの途切れた歩道の端っこに、地味な黒いワンピース姿の女の子が立っている。

つば広の帽子だけがおしゃれなデザインであり、孝明が見ていると、少女はゆっくりとその帽子をとった。

神秘的な瞳をした、年齢より落ち着いた雰囲気のある子だった。

距離にして十メートルほど……明らかに見覚えがある。

「おまえ……あの時の……」

またしても登場した少女を、孝明はほけっと見つめる。

それにしても――

ずっとそこに立っていたらしいが、よく雪緒が見つけなかったものだ。

そういや、前回もあのマンションの近くにいたし。

自分はともかく、雪緒は気配に敏感だと思ったのだが。

ともあれ、吸い寄せられるようにふらふらと接近していく。また逃げられるかと思ったが、今度は動かずに孝明を待ってくれていた。

「こんにちは」

小さく頭を下げる女の子。

「うっ。……ああ、こ、こんちは」

「少しお話があります……雪緒さんのことで」

孝明はしばらく、二の句が継げなかった。

第三章　未来を見る

我ながらおかしなことになったと思う。

朝から拳銃を突き付けられるわ、学校をさぼることになるわ……しまいには、見ず知らずの女の子と喫茶店でコーヒーを啜《すす》ることになるわ……。

『サンジェルマン』という名のこの店に入るのは、孝明としても初めてのことである。そもそも貧乏高校生は、あまり喫茶店などには立ち寄らないものなのだ。

しかし、どうやらこの少女は前にも来ているらしく、マスターにお辞儀などしていた。

店内には他に客はいない。壁には異国の風景画が何枚も飾られており、ごく微かな音量でパッヘルベルのカノンが奏でられている。カウンターやテーブルは、綺麗な木目模様が目立つ高級品っぽいヤツだし、やたらと大人の雰囲気が漂う店だった。

……目の前にいるのは、どう見ても十三、四歳くらいの女の子だけど。

ただし、上品な仕草でレモンティーを飲む彼女は、どうもただ者ではない。

見かけは明らかに自分よりずっと下なのだが、恐ろしく神秘的な雰囲気がするのだ。

黒目がちで大きな瞳は、数千年の英知を湛《たた》えた賢者のように深い色合いをしており、それでいてどこまでも透き通っている。

まるで、こちらの魂ごと惹き付けられる気さえしてしまう。

なんとなく、ずっと昔に読んだ小説の一節が思い浮かんだ。

『その瞳は全ての真実を映し出す』

——まさにぴったりの雰囲気だ。

孝明は首を振り、自分もコーヒーを一口飲む。

確かに目を見張る美少女だが、俺はなにを考えているのやら。

「……この前、雪緒のマンションの前で会ったよな？」

黙っているのも気詰まりなので、持ちかけてみる。

「はい」

女の子はあっさり頷いた。

カップを置くと、孝明に低頭する。

「綾瀬蛍《ほたる》といいます。あの時は失礼しました」

「は……いや、こちらこそ」

なんとなく居住まいを正し、自分も頭を下げる。随分と礼儀正しい子だった。

古代の巫女《みこ》のような静かな表情で、蛍はいきなり言った。

「神部さんは、雪緒さんを助けたいと思いますか」

孝明はそっと店内を見渡す。

マスターは相変わらず、遠くのカウンターでなにか作業中であり、他には誰もいない。

……この子、一体なんだ？　そもそも俺、この子に名前を教えただろうか。

用心深く口を開く。

「……そりゃ助けたいさ。しかし、まるで雪緒が死ぬような言い方だな、それ。一体、君は誰なんだ？」

「ただの中学生です。でも、普通の人にはない『力』を持っている……そう思ってください」

さらりととんでもないことを語ってくれた。

「いや……思ってくださいって言われても。それを信じろと？」

孝明の顔を見て、蛍は同情するように頷く。

その反応は予想済み、と言わんばかりの表情だった。

「よくわかりますし、当然の疑いだと思います。神部さんは今、『この子はなにか怪しい宗教の関係者で、これは一種の勧誘じゃないか？』と疑っていますけど、それも無理のないことだと思いますから」

図星を突かれて顎を落とす孝明と、しっかり視線を合わせる。

「でも、あなたはわかってくれる人だと思ったんです。話も聞かずに嘘つき扱いする方じゃないと……だから、あえて正直にお話ししたんです。急がなければ、もう間に合わないかもしれませんから」

考えていたことを当てられただけなら、孝明はまだまだ疑いを捨てきれなかっただろう。一度

なら偶然ということもある。

しかし、この子の瞳を覗き込んでいると、どうも疑う気が失せてくるから不思議である。

蛍と名乗る少女の真摯《しんし》さは紛れもなく本物で、一生懸命に説明しよう、理解してもらおうとしているのが、とてもよくわかるのだ。

そしてそのセリフの中に籠められた、ただごとではない切迫感も。

話くらいは聞いた方がいいかもしれない……孝明はそう思い始めていた。

なによりも、雪緒のために。

「わかった……とにかく、話してみて。なんとなく、君は狼少年（少女）の類じゃないという気はする。だから、話は聞くさ」

「ありがとうございます……」

ほのかに微笑《ほほえ》む蛍。

背筋にじぃ〜んとくるような優しい笑みで、もし先に雪緒に出会ってなかったら、あるいはヤバかったと思う。いや、色々と。

孝明がどぎまぎしている間に、蛍は語り始めた。

「まず、わたしが雪緒さんを知ったのは、偶然じゃないことをお断りしておきますね。わたしは『能力がある』という点を除けば、ただの女の子ですけど、知人に……ある種の秘密捜査に携わる人がいるんです。その人が雪緒さんに注目していて、わたしは今、そのお仕事を手伝っていま

す。だから雪緒さんのことを知っているわけです」

孝明の顔を見て、目で抑える。

「わかります。最初からとても信じられないような話です。だけど、本当のことなんです。わたしは以前、ある事件でその人に助けてもらって、それ以後、しばしば彼のお仕事を手伝っているんです……わたしの力は、有用な時もあるので」

なかなか突っ込み所満載の話である。どうも腑《ふ》に落ちない部分が、などというレベルではなく、最初から最後まで常識の圏外と言える。

しかし自分は、ついさっき雪緒に拳銃を突き付けられているのだ。

あの瞬間、もはやかつての「日常」は、バベルの塔よろしく倒壊してしまったのかもしれない。常識などは犬にでもくれてやれ……孝明は自らにそう言い聞かせた。

「綾瀬さんの力ってのは、もしかしてテレパシー……とかそんなの？」

恥ずかしそうに頷く蛍。

同時に、急いで付け加える。

「でも、安心してください。必要もないのにやたらと人の心を覗いたりしません。さっきは信じてもらうために少しだけ力を使いましたけど、今はなにもしてませんから」

「あ、ああ。いいよいいよ。確かに、いきなりガツンと当ててくれたのは、効果的だった。だからってなにもかも信じろってのは無理っぽいけど、でも綾瀬さんを見ていると、信じたいって気にはなる。だから、そのまま続けてくれ」

蛍はまた微笑み、

「お話しした通り、わたしは彼のお仕事を手伝っています。それでわかったんですが、いま彼が調査中の事件に、雪緒さんが関わっているんです。それがどんな事件なのかは言えませんが、光《こう》太《た》郎《ろう》さん——これはその知人ですけど——のお話では、もはや解決に近付きつつあるそうです。雪緒さんはそれを知らずにいますけど」

孝明はじいっと蛍を見やる。

相手の表情が極めて真剣なのを確かめてから、念のために訊いてみた。

「そんなこと、俺に話していいのかい？　俺はこれでも、雪緒の味方のつもりでいるんだけどな。本人も認知してないだろうけど、事実そうなんだ。仮にあいつが……いわゆる『犯罪者』だったとしても、俺は雪緒を捕まえる協力なんかしない。逆に逃げる手伝いくらいはするかもだぜ」

「……その結果、あの人が死ぬことになっても？」

蛍のセリフは、不可視の剣のように孝明の胸を貫いた。マジでぎゅっと胸が痛んだくらいだ。

息を飲んだ後、抑制した囁き声で問い返す。

「あいつが死ぬって？　どうやって!?　どう見てもそう簡単に死ぬようなヤツには見えないんだけど。それ以前に、雪緒の正体はなんなんだ？」

ずばり訊いてみたが、蛍はそれについては答えなかった。無視したわけではなく、おそらく先に断ったように、詳細については話せないのだろう。

代わりに、蛍はのっぴきならないことを述べた。

「雪緒さん……ユイさんは強い人ですよ。戦士として見るなら、敵《かな》う人は少ないと思います。あるいは、最強と言ってもいいかもしれません。私の力でさえ、あの人には上手く働かない時があります」

「だったら――」

蛍が首を振るのを見て、孝明はまた押し黙る。

「すごく説明しにくいのですけど。ユイさんは最強でありながら、それでいてとても弱い存在だと思います。……ええ、ええ……矛盾しています。矛盾しているけど、わたしが『触れた』感じでは本当にそうなんです。これまでのお仕事でやってきたことが、徐々に雪緒さんの精神を蝕《むしば》んでいます……誰もそれが悪いことだと教えなかったから、あの人は知らず知らずのうちにどんどん消耗しています。自分自身が望んでいないことを続けているからです。ユイさんの心の中を全て読むことは出来ませんが、一つだけ確実に言えることがあります。あの人は『死』に魅せられているんです。……それも、ご自分でも意識していないくらい強く。早く死にたい……それだけを願っています。このままだと、本当にそうなるでしょう」

テーブルの上に沈黙が落ちた。

蛍の静かな宣告は、想像以上に説得力があったのだ。

カノンが終わり、次にタイトルも知らないバロックの曲が、哀しい旋律で店内に満ちている。

孝明は汗ばんできた手をおしぼりで拭《ぬぐ》い、さらに一歩を踏み出す。これ以上は危険なことがわかっていたが、どうにも引き返せなかった。

どうせ、さっきは本人にも似たような質問をしたのだ。今更、ためらう理由はない。

「……雪緒の仕事ってのは、拳銃がいるようなことだよな。てことは、あいつは人殺しの経験もあるわけか」

蛍は孝明の目を見て、ゆっくりと頷いた。

断は下された。もはや、逃げることは出来ない。観客の立場ではなくなったのだ。

真実を知るというのは、そういうことだろう。

関わる覚悟がないのなら、最初から訊くべきではないはず。だが、自分にはちゃんと覚悟が出来ている——孝明はそう信じた。

……とにかく、この時は。

「あいつが死ぬのは、殺すべき敵に逆襲されるから——そういうことなのか」

「いいえ、孝明さんが想像しているようなことじゃありません」

意外にも、これは否定された。

「さっきお話ししたように、ユイさんは強い人です……卓越した戦士と言えるでしょう。自分で望まない限り、簡単に誰かに負ける人じゃないんです」

無言で眉をひそめる孝明に向かい、説明してくれた。

「繰り返しになりますが、最強に近い戦士なのに、同時にとても弱い人……。そして最後は結局、その弱さが雪緒さんを死に追いやることになるでしょう——このままでは、そうなります」

「綾瀬さんは……」

孝明は生唾を飲み込み、椅子に座り直す。

話を聞いているうちに、身体中がギチギチに強張っていたのだ。

言葉を選び、続けた。

「君は、凄く自信ありそうだけど、心を読んだだけの情報じゃないよな、それ。他になにか知っているなら、教えてほしい」

「……わたしにはテレパシー以外に、少しだけ未来予知の能力もあるんです。ただしこれは、そっちほど自由になる力じゃないので」

「ええと、能力にまるで縁のない人間にもわかるように説明してくれないかな」

「ごめんなさい、わかりにくくて。そうですね……例えばテレパシー能力ですけど、わたしにとってこの力は、ごく普通に備わっている物なんです。普通の人が手を動かす時、いちいち悩まなくても動かせるでしょう？　右手を上げたいと思えば、簡単に実行できますよね。それと同じで、わたしにとってこの『力』は、普通に使える五感とまるで変わりません」

「そうか……第六感ってか、そういうのな」

「そう呼ばれることもありますね。ただわたしにとっては、テレパシーは五感に等しく普通の感覚だというだけです。……でも、予知の方は少し違うんです。それはある日突然、なんの前触れもなく『見える』んです。夢の中で見える時もあれば、起きている時、急に目の前に光景が広がる時もあります。まるで、映画館の大スクリーンが広がるように。わたしはそれを『ビジョン』と呼んでいますけど」

「少しわかってきた……コントロール出来ないってことだな。テレパシーと違い、自由にはならない？」

「そうです」

蛍は大きく頷く。

「しかも、未来はひどく流動的なんです。唯一絶対の未来、などというものはありません。雪緒さんの未来について、わたしは幾つかのビジョンを見ましたけど、そのどれもが少しずつ違ってました。——ただし」

悩ましい吐息とともに、蛍は孝明を見る。

大きな瞳一杯に、憂いが浮かんでいた。

相手の気持ちを思いやり、孝明は自ら口にした。

「ただし……どのビジョンを見ても、あいつの死は不可避だった？」

蛍は黙って目を伏せる。

しばらく何か迷っているようだったが、やがて顔を上げ、すっと手を差し出した。

「わたしの手を握ってみてくれませんか。私が見た、最も可能性の大きな『ビジョン』を送りますから」

「そ、そんなことが出来るんだ？」

素直に手を伸ばそうとすると、蛍は急に「その前に」と声をかけた。

「どうかした？」

「……覚悟だけはしてください。見て楽しいものじゃないんです。きっと、辛いと思います。なんでしたらやめてもいいんですけど……神部さんが決めてください」

蛍の声音は、思いやりといたわりに溢れていた。孝明は少しだけ考え、きっぱりと答える。

「見せてもらうよ。今更、知らん顔も出来ないだろうし、する気もない」

「わかりました……どうぞ」

差し出された手を、孝明はそっと握る。しなやかな手触りに、ちょっとどぎまぎする。蛍が「では、目を閉じてください」と指示してきたのを幸い、大急ぎで目をつむった。

数秒ほどは、ただ真っ暗なだけだったが。

――いきなり、見知らぬ光景が広がった。

その唐突さは言語道断で、「うわっ」と声を上げそうになったほどである。

孝明は当初、レアな雑誌に載っている、怪しいUFO写真のようなボケボケの映像を想像していたのだが――

……そんな甘っちょろい物ではなかった。

まさに自分がその場にいるような、リアルな映像である。いや、これは実際に起こり得る「未来」その物なのだ。目の前に広がるこれは、紛れもない「現実」なのだ。

視界一杯に、ぐったりと倒れている雪緒が見える。

ちょうど、真上から見下ろしたような視点になっていた。

長い手足をだらりと伸ばしたまま、彼女らしくもなく、無力その物の姿だった。例の黒いパンツスーツ姿であり、ジャケットの左胸に、小さな穴が開いているのまで見える。

蛍の説明がどうあれ、これは撃たれた直後の状況にしか見えない。

窓から差し込んでいるのか、燦々《さんさん》と降り注ぐ陽光が、倒れた雪緒を照らしている。

あれほど綺麗だった黒瞳はどんよりと虚空を眺めており、視線は全く虚《うつ》ろで、雪緒が死んでいるのは疑いようもないだろう。

死に顔にはなんの表情も浮かんでいなかったが――孝明は空虚な黒瞳に、雪緒の強烈な孤独感を見た思いがした。

おそらく彼女は、死を迎えるその時ですら（本当の意味で）一人だったのだ。誰かに何かを言い残す気もなければ、実際にそんな相手もいなかったのだろう。

突然襲った「死」を、動じることもなく淡々と受け入れた……そんな気がする。

しかし……もし本当にそうだとするなら、なんと寂しい死に方だろうか。

――ふと、記憶の底を刺激された。

その記憶が形になる前に、孝明は反射的な動きで蛍の手を放す。ぶつっと視界が閉ざされ、元の暗黒に戻る。すぐに目を開けた。もういい、今見た「アレ」で十分だ。

まだ自分でも、考えがまとまっていないが。

しかし、自分が何を思い出し、何を考えようとしたのかは薄々わかる。だが、今は蛍に知られたくない。

『必要もないのにやたらと人の心を覗いたりしません』

蛍の言葉を信じるなら、読まれていないはずだ。

わざと動揺した風を装い、おしぼりで額など拭《ふ》いてみせる。突然手を放したのは、今の光景にびびったせいだと思ってもらわねば。

状況がら、この演技は容易だった。

「なるほど……よくわかった」

ごくごくっと冷えたコーヒーを飲み干す。

「——それで。これが起きる場所とか時間とか……その辺はわかっているのかな」

孝明の密かな予想通り、蛍は首を振った。

「わたしはさっきの光景を夢で見たんですけど、他にはなにも見えませんでした。でも、いずれ場所は特定出来るかもしれません」

「特定出来たら、俺に教えてくれるというわけには——」

蛍の顔を見て、途中で言葉を切る。

「……なんか無理みたいだね」

「ごめんなさい。わかったとしても、そういうのは勝手に教えられないんです。光太郎さんにも怒られますし。……なにもかもお話しするわけにはいかなくて」

「いや、綾瀬さんを責めるわけじゃないけど。場所がわかってたら、止めることも簡単だろう。むしろ、俺の協力なんか必要ないんじゃゃ？」

改めて蛍を見やる。

「よく考えたら妙だよな。『アレ』が起こる場所がわかれば、君の言う『光太郎さん』とやらだって、雪緒を止められる。俺なんかより、捜査のプロであるその人の方がよほど頼りになるんだ。なのに、なぜ俺に？」

蛍は、押し黙ったままカップの中身を覗き込んでいた。

辛抱強く待っていると、ようやく顔を上げてくれた。

「もちろん、理由はあります。わたしは雪緒さんの心に『触れた』と言いましたよね？　その時に確信したんです。……あのビジョンに従い、先回りして雪緒さんの死を回避したとしても、遠からずあの人は死ぬだろうって」

眉間《みけん》に皺《しわ》を寄せて唸《うな》る孝明に、蛍は切々と説く。

「今は理解出来なくてもいいから、わたしを信じてください。もし雪緒さんを助ける希望があるとしたら、それは神部さんだけなんです」

「お、俺がぁ？　あいつは俺なんか、路傍の石以下にしか見てないんだぜ」

「本当にそう思っているなら、今朝だって助けなかったはずでは？」

驚いて蛍を見返す。

それも知っていたとは。

「……さっき孝明さんから読んだ情報の中に、朝の光景もあったんです」

「あ、ああ……俺が『この子、怪しい宗教関係者じゃ？』とか疑っていた時ね」

しかし、そこまで広範囲に読めるとは！

改めて蛍の力への畏怖を覚えたが、孝明はそれをあえてねじ伏せた。そんな風に気味悪がったりするのは、蛍が一番哀しむことだろうと思ったからだ。

「じゃあ『路傍の石』は撤回する。ん〜……友達未満ってトコ？　それも、パラメーターで言えば好感度12くらい……100が満タンでね」

話しているうちにマジで情けなくなった。

しかし、事実そうなのだ。

「それで、そんな俺にどんなことを期待しているって？」

「雪緒さんを助けてあげてほしいんです。実際に危機を回避するという意味ではなく、雪緒さんの支えになってあげてください、という意味です」

孝明はしんと静まりかえった蛍の顔を見やり、空っぽの店をぐるっと見渡した。

視線を戻して蛍が真面目な表情を崩していないのを確かめ、やっと答える。

「それは俺の望んでいることでもあるんだ、うん。つまり、雪緒と仲良くなれってことだろう」

「そう、そうです」

蛍は降臨した天使のような、慈愛に満ちた優しい微笑みを浮かべた。薄桃色の唇から、白い歯がこぼれる。

あまり笑わない子なので、たまに笑うとめちゃくちゃ引き立つ。

孝明はため息をついた。

「……鈍い俺にも、綾瀬さんの狙いがわかってきたよ。本当の意味で雪緒の力になれということだな。その場しのぎじゃなく」

「まさにそうお願いしているんです。……がんばってくださいね」

……いや、笑顔でそんなこと言われても。


その後、注意事項とか連絡先を聞き、話は終わった。

孝明はまだ夢を見ているような気分で、蛍について『サンジェルマン』を出る。

と、蛍は急にとてとて走りだした。

見れば、路地の目立たない隅っこに、誰かが立っている。

季節外れの黒いロングコートを着ており、なんだか気怠《けだる》い表情を浮かべた男である。年齢的には、まだ若者だろう。というか、世の中を斜めに見ているような、ひねた大学生その物に見えた。

蛍はそいつの元へ駆け寄り、話し込んでいる。

あの大人しい蛍が、そいつとは随分と楽しそうに――。

面白くない気分で孝明が眉根を寄せていると、蛍を残し、その長身の男が寄ってきた。孝明のすぐ眼前に仁王立ちになり、いきなりガンを付けてくる。

「おいこら。俺の女に手を出したな、兄ちゃん」

「……は？」

ちょっと後退《あとずさ》る。

大丈夫か、この人。ヤバいヤツだったのか！　しかし、相手はすぐに苦笑を見せた。

「いや、美人局《つつもたせ》のジョークのつもりだったんだが、つまんなかったか？」

全然つまらん――というセリフを、かろうじて堪える。

だいたい、こいつはあの子のなんなんだ？

孝明の声なき疑問を聞いたかのように、男は自分から名乗ってくれた。

「……神村《かみむら》光太郎だよ、ボウズ。蛍の話にちらっと出てきただろ？　その捜査官ってのが俺な」

……こ、この大学生がぁ？

多分、孝明がよほど疑わしそうな顔をしたのだろう、光太郎は唇の端をちょっと吊り上げた。

「ああ、名乗るとだいたいそんな顔するな、みんな。だが、本当なんだからしょうがないわな」

「じゃあ、アンタ……いや、あなたが秘密捜査官」

「秘密捜査官って、その言い方はなんか照れるよな……ははは」

気楽に笑う大学生……ではなく、光太郎である。一緒に笑う気にもなれず、孝明は渋面を浮か

べたまま押し黙った。どう反応しろというのだ。

「まあ、そう渋い顔すんなって。世の中、見た目が全てじゃないぜ？　おまえだって、蛍と出会ったばかりなんだから、少しはそれがわかるだろう」

「そ、そりゃまあ……」

「でもまあ、蛍が疑われるのも癪《しゃく》だから、証拠くらいは見せてやるよ」

光太郎はニヤッと笑い、いきなりコートの前を広げてみせた。

ぞわっ。この人、そんなヤバい趣味が！

反射的にそう思って戦慄《せんりつ》したが、全然違う。真っ先に目に入った……左脇の下にショルダーホルスターが吊ってあり、そこに黒光りする自動拳銃がぶち込んである。

思わず喉を鳴らす孝明の前で、光太郎はまたコートの前を閉じた。

真面目な顔に戻り、軽く頷く。

「――というわけだ。前にも誰かに言ったが、秘密組織は秘密が基本でね。詳しく話せないのは許してくれな」

軽く頭を叩き、離れていく。

慌てて呼び止めた。

「ちょっと！　最後の質問があるんだけどっ」

「……なんだ？」

振り向いた光太郎に、はっきりと尋ねる。

「最終的に、あなたは雪緒を捕まえる気なのか？」

「おまえ次第だな」

即答された。

「俺の属する部署は、警察とは目指すところが違うんだ。あのアイスドール（雪緒のことか？）がこれ以上銃を振り回す気がないなら……別段、無理に捕まえる気もない。管轄も違うし」

無言の孝明を見て、肩をすくめる。

「ホントだって。蛍がどう言ったか知らんが、あの子がアイスドールを見つけたのは、全くの偶然なんだ。蛍の推薦もあるし、俺はおまえの活躍に期待してる……俺の言葉だけじゃ信じられないのなら――」

蛍に向かい、優しい声で「証明してやってくれ」と声をかける。

蛍は何度も頷いた。

「大丈夫ですよ。光太郎さんは事情が許す限り、神部さんと雪緒さんの味方ですから」

「……わかった。綾瀬さんがそう言うのなら」

蛍は嘘をつくような子ではない。

そう信じているだけに、この保証は有り難かった。

「どっぷりと安心するのは危険だぞ。俺達はともかく、警察はどうにもならんからな」

「……う。そうか、まだそっちがあった」

「他にもいるかもなー……いっとうヤバい敵が」

などと、光太郎は妙に含みを持たせる。

しかし、それについての説明はなく、代わりにアドバイスをくれた。

「あまりヤバいことは考えず、さりとて放置もせず、なんとかやってみろ。どうしても手に負えなかったら、相談くらいは乗ってやるからな」

実に気楽なことをのたまい、孝明の背中をどやしつけたのである。


引き上げる光太郎達を見送り、孝明もまた、家路につく。今から学校へ戻っても仕方ない。もう今日はさぼりということでいいだろう。

上手くすると、ゴロちゃんも納得してくれているかもしれない。

——それより、と孝明は歩きつつ思う。

あの蛍って子に、最後まで隠すことは出来ただろうか？　俺が見つけたことを、読まれてないといいんだけど……すぐに手を放したし、大丈夫だよな。いや、よく考えたら手を繋ごうが放そうが関係ないのか……ううむ。

実は孝明は、蛍に見せられた例のビジョンの中で、見覚えのある物を発見したのだ。

それは孝明と当時の友人以外には何の意味も持たないもので、光太郎達も普通に見過ごしたのではないかと思う。雪緒が倒れている左手の先に、ちらっと見えていただけだし、別にあって不

思議な物ではない。むしろ、廃墟《はいきょ》には付き物だろう。

——その「ある物」とはなにか？

端的に言えば落書きの端っこであり、文字は「ひみつ」と書かれていて、続きの部分は映っていなかった。ちゃんと続きはあるのだが、ビジョンで見えた範囲ではそこで切れていて、続きは見えないのだ。

本来の全文は、「ひみつきち」というマジック書きの文章で、字の一つ一つは五センチ四方ほどだろうか。拙《つたな》いというより、はっきり下手な字で、とてもそうは読めないかもしれないが。

なぜそこまで正確に言えるかというと、そもそもアレを書いたのは孝明自身だからだ。

話は小学生の頃に遡《さかのぼ》るが……当時、孝明と悪友は、廃業が決まったデパートの中に忍び込み、遊び場としていたのである。

そこは結局、社長が破産宣告したために解体作業の途中で放置され、現在もそのままになっているはず。

外見が廃墟その物のため、子供の頃は『お化けデパート』などと呼ばれていた。

早い話——孝明は、雪緒が死ぬはずの「あの場所」がどこなのかを、知ったことになる。

雪緒が未来において撃たれる場所を、正確に知ったわけだ。

今の時点で、まだ光太郎達がそこまで突き止めてないのは確実だろう。ただし、最後までわからないまま終わるかどうか——。

無用な再開発計画の煽《あお》りを食らい、この町にはやたらと、放置された建造物やら廃墟やらが多

い。蛍が見たビジョンだけで、あそこが見つかるだろうか。せいぜい、床がちょびっと見えていただけだし。そこまで考え、孝明は首を振る。

甘い期待は禁物だ。

自分と違い、あの光太郎には大きなバックがある（らしい）し、蛍の『力』だってある。多分、そのうち見つける可能性は高いはず。

先に教えるのは簡単だが、孝明にその気はない。

光太郎の属する組織とやらが、雪緒の安全第一で動くという保証はないからだ。あくまでも光太郎は捜査官だし、組織の一部なのだ。彼を信用したとはいえ、他のヤツはどうかわからないじゃないか。

それに、雪緒のこともある。この情報を光太郎に教えるのを、あいつが喜ぶとは思えない。密告者というか裏切り者と見なすかも。後になって、「やっぱりあなたはスパイだったのね」とか言われて、いきなり銃でもってズドンッと——

ぶるっと孝明の身体が震えた。その想像は、全くもって冗談ゴトじゃないと悟ったからだ。

雪緒なら、本当にそんな反応をしそうだ。

——では、先回りして雪緒に警告するか？

いや……それも駄目だ。

蛍から得た情報だと説明した所で、『ビジョン』の話などあいつが信じるとは思えない。これまた、『やっぱりあなたはスパイ（中略）ズドンッ』になるのがオチ。

「……なら、俺が動くしかないのかよ」

小さい声で独白する孝明。

そう、結論は一つ……孝明自身が動くしかないのである。幸い、場所はわかっていることだし。

「ただ……場所はともかく、日時まではわからんよなー」

問題は、そこなのだった。

☆

ユイが、自分以外の相棒の存在を知ったのは、定時連絡の時である。

「店開きは順調です。開店まで作業を続けます」

マンションの部屋から、いつもの電話を入れた時、マザーがやっと教えてくれたのだ。

『ご苦労。――ところで、バーゲンではやはり応援を呼ぶことになった。敬虔《けいけん》な男だから、上手く付き合ってくれ』

マザーの掠れた声に眉をひそめる。敬虔な男、というのはいわば隠語であり、ユイも知っている殺し屋仲間のことなのだ。

常に温厚な笑顔を保ち、神父風の服を好んで着ているあの男……プリースト！

あいつが来る？　あまり好ましくない相手だが。

この際、ルールを無視して確認してみた。

「……しかし。現状、作業は極めて良好な推移をたどっています。応援は必要ないと思いますが」

『おまえの能力を疑っているわけではない。バイト派遣には理由がある。……どうやら、既存のバイトに病人が出たようなのだ』

ユイは黙り込んだ。

病人というのは、ニューエイジ内では「裏切り者」を指している。

まさか……この私を疑っているのか？

内心の思いに答えるように、素早くマザーが続けた。

『断っておくが、感染による被害を防ぐのが目的で、おまえの病歴を疑っているわけではない。おまえがクリーンだからこそ、感染で倒れてもらっては困るのだ。バイトと協力して、開店に全力を挙げてもらいたい。病人を見つけたら、速やかに手を打つように。そのための応援だ。――いいな？』

「――はい」

『よろしい。では、時間に遅れないように』

カチッと回線の切れる音がした。

ユイも、そっと受話器を置く。

いつものように、部屋の隅で壁にもたれて座った。

別にそれが趣味というわけではない。

この部屋には電話と寝袋以外にめぼしい物はなく、床に座るか立っているかしか手がないのである。活動資金は潤沢《じゅんたく》にあるので、家具などを増やすのは簡単だが、ユイにそんな気はない。そもそも彼女は、余分な物に金を使うという発想すら持ったことがなかった。

暇な時間はトレーニングしているか、虚ろな目で中空を見ているか、どちらかだ。

……今も、美麗な氷像のように微動だにせず、ユイは床に座っている。

ただし彼女らしくもなく、厳しい顔つきで考え込んでいた。

今の定時連絡でのやりとりが、全く理解できなかったからだ。我ながら「なぜ?」と思ってしまう。プリーストのことではない。

裏切り者が出たという話は多少は意外だったが、それはまあ、ユイにとってどうでもいいことだ。仕事の邪魔をするなら殺す――それで済むこと。

そうではなく、自分が『移動』を申し出なかったことに不審を覚えたのである。

あの少年に銃を見られた時点で、当然ながら彼を殺すべきだった。しかし、今に至るもユイは手を下していない。ならば、せめて拠点を移すべきだろう。すぐにここを引き払い、彼と縁を切らねばならない。

ユイのプロとしての本能は、「絶対にそうしろ」と言っている。

なのに、現状維持を貫こうとするとは――。

自分で自分の気持ちがわからない……こんなのは私ではないのに。

ポツンと呟く。

「今日のアレは美味しかった」

だからというわけでもないが、明日、また学校へ行ってもいいかもしれない。

ユイはあえて、疑問を押し殺した。そうだ、こだわるほどの問題ではない……そういうことなのだろう。

そして、現状維持を継続するなら、ちゃんと学校へも行かねば。短い期間とはいえ、カムフラージュを怠ってはならない。

……彼を信じたわけじゃないけど、まさか密告などしないだろうし。

ユイともあろう者が、そんなことを考え始めていた。

第四章　ユイと呼びたい

雨の中、傘を差して道路脇で待つ。

ここは雪緒のマンションの近所であり、彼女が登校するならば、必ず通るはずの道だ。

祈るように待つこと二十分、道の向こうに制服姿の雪緒を見つけ、孝明は心底ほっとした。

――良かった、今日ではないらしい。

まあ、雨だから違うと思ったけれど。

早くから孝明に気付いていたらしい雪緒は、近付くなり、傘の下からじろっと睨んできた。

切れ長の目がめっぽう怖い。いや、本人にそんなつもりはないのかもだが、元々キツい性格のせいか、睨まれているようにしか見えないのだ。

「――よお」

孝明は出来るだけさりげなく声をかけ、当たり前のように隣に並び、二人で歩き出す。雪緒の不審顔はいよいよ色濃くなっていく。というか、はっきりと視線で問いかけているような。

「訊きたいことがあれば、自分から話しかけてみれって。ただし、先に普通に挨拶してからな。例えばだな――」

ちょっと考え、

「例えばそう、『わぁ、孝明君だぁ！　迎えに来てくれたのね～。ユイたんうれしー（はぁと）。

今日はどうしたのぉ？』みたいな感じで、にこぉ～っと笑いながら」

相手の顔を見て、説明をあきらめる。

ギャルゲー風の挨拶伝授、失敗。

「だから、おまえがちゃんと登校するか、確かめに来たんだよ。俺にも責任あるからな。学校行くなら通るだろうから、ここで待ってたわけ。ほら、約束のブツだ」

淡々と説明し、用意しておいたうまい棒を差し出す。

孝明的には野生の狼を餌付《えづ》けしているような気分である。失敗すると、腕ごと食いちぎられる。受け取らないかと危惧《きぐ》したが、ちゃんと手にとってくれた。

ただしちらっと見て、

「――昨日と違う」

「ああ、それはサラダ味だ。……ひょっとして、チョコの方がいいのか」

雪緒は、無言で自己主張してくれた。

すなわち、そのままサラダ味を突っ返された。

「……おまえ、ちょっと掌《てのひら》に『感謝』という文字を十回ほど書いて音読してみ？　そんなんじゃ、人生やっていけないぜ。ましてや、ツンデレヒロインへの道は遠いぞ」

ぶつくさ言いつつも、孝明はコンビニの袋からチョコ味を出して交換してやった。

雪緒も今度は文句なしに受け取り、すぐに包みを破って食べ始める。

もしかしてこいつ、マジで気に入ったのか、これ。お菓子とか食ったことないのかよ。

なんにせよ、スーパーモデル級の美少女が十円駄菓子を瞬く間に食い尽くすのは、なかなか見物だった。

「気に入ってくれて嬉しい。ほら、喉も渇くだろう」

今度はレモンティーのミニボトルを出して渡す。タイミングのお陰か、雪緒はごく自然な流れで受け取ってしまい、ちょっと眉根を寄せる。

それでも、とりあえずはもらってくれた。これも馴染みのない飲み物なのか、科学者が色変わりしたリトマス紙を観察するように、ボトルを入念に眺めている。

数秒後、結論が出たらしい。

右手で傘を持ったまま、左手の親指と人差し指だけで、実にあっさりとボトルの蓋を回し開けた（握力が凄い）。

こくん、と白い喉元を反らせて飲む。

腰まである髪がさらさらと動き、ぴくっと濃いめの眉が動いた。

幼女のように一言――。

「……あまい」

「まあ、レモンティーだし。つーか、いちいち意外そうな顔しなくても」

それよりすげー握力だなおまえ、と言いかけ、これは言わずにおいた。

力のほどは、既に昨日見ている。

見かけは細身の女の子だが、中身は狼……それが雪緒という少女なのだろう。

突然、雪緒が核心を突いた。

「……本当に、私が登校するか見るために来たの？」

上目遣いの瞳も破壊力満点だが――。

いつもながら深みのある低い声で、耳にしっとりと心地よい。滅多に長いセリフを喋らないので、余計にそう思う。

「そうさ。他に何がある？　これでも心配してんだ、俺は」

とにかく、孝明の返事に嘘はない。

ただ、余計な説明を加えなかっただけだ。

『いやぁ、俺の見たあのビジョンじゃ光加減で「晴れた日の午後か？」というくらいしか予想出来んから、とりあえず登校するかどうか見張って、事件の起きる日を確定しようかと』

――などと肝心な部分を語る必要もない。

雪緒に学校へ来てほしいのは事実なのだし、胸を張って答えた。

雪緒はちょっと目元を和ませ、「……そう」と小さい声で返す。

心配など無用だ、あっちいけ――等の厳しい返事を覚悟していただけに、意外だった。

というか、今の短い返事、ちょっと震えを帯びていたような。まあこれは気のせいだろうが。

顔も、すぐに傘で隠されてしまい、もう見えない。

でもなにか嬉しかったので、また新たなうまい棒（チョコ味）を出してやった。

「これからもその調子で喋ってくれ。今度はだなぁ、『気が強くて微妙に素直になれない幼馴染み風』な感じで頼む」

返事はなかったが、うまい棒は取られた。

☆

昨日の早退で、担任のゴロちゃんに怒られるのは覚悟済みだった孝明だったが、教室に入ると、なぜかみんなが拍手してくれた。

「おー、ヒーローの登場だ」

「すげー、かっこいぃー」

「いやぁ、弱そうに見えるのにな！　まさか神部がそんな凄いヤツだったとは」

「やっぱりアレか、一子相伝のけんぽーの類かっ」

なんだなんだ!?

おろおろする孝明の頬を、微風が撫《な》でる。

例によって例のごとく、雪緒が足音も気配もさせずに横を通り過ぎて行ったのだ。

声をかけようとしたが、あっという間にクラスメイト達に囲まれてしまった。

「な、なんか俺に用――かな？」

小さい声で尋ねると、失礼なことに全員に爆笑された。

「きゃはは。強いのに変なのっ。変なのっ！」

「猫被《かぶ》らなくていいって！　みんなもう、知ってるべっ」

……知ってるべってどこの方言かと。

いや、それはどうでもよくて。

「待て待てっ。俺はほんっとうに何のことやら――」

言いかけた途中で、孝明は天啓のように閃《ひらめ》いた。

「もしかして、昨日の上級生の騒動……か？」

みんな熱心に頷く。

「『騒動……か？』じゃないだろっ。いやー、とぼけんねー。絵に描いたような見せ場を作りやがって！　憎いよ、この。このこのっ」

誰かがガスッと背中を叩く。

……結構痛いというか、マジ痛い。

すると、他にも追従するヤツが出てきて、あっちからもこっちからも手が出る足が出る。

いつの間にか袋叩きにされていた。

「憎いよぉー、きゃははっ」

ペシペシッ

「こいつ、顔の割りにカッコつけやがってー」

ボスッ

「死ね、親友を裏切るヤツは死ねっ（滝川の声）」

ガスガスガスッ！

「いた、いたた……ちょっと、痛いから……痛い痛いっ——痛いっつってんだー！」

段々腹が立ってきたので、思いっきり怒鳴る。やっと止まった。

ブフーッとゴジラのように鼻から息を噴き出し、孝明は周りを睨む。

『一子相伝がおこったぁー！』

女の子の黄色い悲鳴をバックに、やっと周囲の人垣が下がってくれた。

ちょっとだけだが。

「……なにいってんだか。一体、誰が話したんだ、昨日の一件？」

ヘラヘラ笑うクラスメイト達を、順繰りに見る。

すぐ隣に立っていた滝川が（ちなみに、こいつが一番蹴ってた）、呆れたような声で教えてくれた。

「誰もクソも……。ゴロちゃんが昨日、昼休み後に思いっきり演説してくれたぞ」

こほんと咳払《せきばら》いし、

『えー、みんな聞いてくれ。実は神部がなぁ、極悪上級生に襲われている雪緒を見て、正義の鉄拳をもって助けてくれたんだ。義を見てせざるは勇無きなり……うんうん。いやぁ、神部は先生が思ったより、ずっと熱いヤツだったんだわ。先生は、ずーーんとあいつを見直したなぁ』

……嫌すぎるほどゴロちゃんの声にそっくりだった。

演説の光景まで想像出来るほどだ。

「いや……しかしアレは」

やったのは雪緒だし、と言いかける。

ところが寸前で、もう席に着いている雪緒と目が合ってしまった。

アイスドールと呼ばれるに相応しい冷たい表情で、感情らしき物は何も浮かんでいない。

しかし、双眸《そうぼう》には確かにある種のメッセージが籠められていた。

制止、と言い換えてもいい。

孝明の背筋に冷気が走ったほどで、間違えようもない。せっかく、「好感度12」から14くらいにパラメーターが上がりつつあるのだ（あまり変わらない）。

この際、雪緒の意向を尊重すべきだろう。

フラグ立てに失敗でゲームオーバーは、情けなすぎる。

「……まあアレはその、まぐれで。だいたい、あの上級生達は俺にやられたって言ったのかよ」

「ゴロちゃんはそうゆってたな」

また滝川が返す。

「だからみんな、盛り上がったわけよ。そいつら、このガッコのワル共を仕切ってるらしくてさ。いわゆる、絶滅危惧種に指定されてる『番格』ってヤツ？　俺、おまえがそんなに強かったとは、知らんかったなー」

……俺も知らなかったさ。

孝明は、内心でこっそりと答える。

昨日のご無体《むたい》な三年生達は、女の子にやられたと白状するより、まだしも孝明にやられたと嘘をつく方を選んだらしい。馬鹿らしいが、メンツというヤツだろう。

本当は、教室の隅で座る某少女が、あのでっかい図体二人を一瞬で片付けちまったというのに。みんな、それを知らないわけである。真の実力というのは、ああいうのを指すのだ。なにが『番格』だと。そんなのはタダの飾りだ。おまえらにはわからんのだ！

などなど、ぶちまけたくてたまらないが、なんとか我慢する。

扉が開く音がして、陽気な声がした。

「おぉー、神部。それから雪緒も！　ちゃんと登校したかぁ……良かった良かった。先生は嬉しいんだわ」

……ゴロちゃんのお陰で、とりあえずこれ以上突っ込まれなくて済んだ。

昨日と違い、午前中の授業は穏やかに過ぎた。

しこたま休みまくっていたくせに、雪緒の学力はかなりのレベルにあるらしく、たまに当てられても百パーセント正答していた。難を言えば最小限の受け答えしかしないことと、絶望的な愛想のなさだが、これには周りの者が慣れてしまった。

登校初日に雪緒が早引けしたので、みんな彼女に大いに気を遣っているらしい。

孝明の想像に過ぎないが、『難しい性格の子だから、俺達（あたし達）が気をつけてあげないと』などと思っているのかもしれない。

このクラスの生徒達は、善良なヤツが多かったということだろう。

まあ、『難しい性格』というのは確かにその通りではある。だが、遂行中（たぶん）の『仕事』のせいで、雪緒が目立つのを嫌がっている、とまで想像出来たヤツはいないはず。

それを考えると、なぜか孝明の胸は躍った。

ともあれ、雪緒の女子高生としての一日は、なんの問題もなく過ぎるはずだった。

微妙な変化は、四時間目に現れた。

孝明は午前中ずっと、ため息が出そうなほど綺麗な横顔をちらちら眺めていたので、すぐにそ

の変化に気付いた。

端正なギリシャ彫刻よろしく、正面を見たまま微動だにしなかった雪緒が、ふと左側を……窓の外を見たのだ。動きは唐突であり、なんの脈絡もなかった。

窓際は孝明の席だったのだが、あいにく雪緒の視線は微妙に斜めにズレていた。

現国の教師に見つからないよう、孝明は自分もそっと外を見る。

広さだけが取り柄のグランドには誰もおらず、砂漠のように空っぽそのものである。しかし、なにかあるはずなのだ……なにか。

——見つけた。

グランドを挟んだ校門の所に、誰かがいる。距離がありすぎ、孝明の目には最初、それが黒い染みのように見えた。だがよく見ると、全身黒ずくめの誰かであると知れた。なぜか頭髪だけが金髪である。

顔の判別はとてもつかないが……勘から言えば、どうもヤツはこの三階の教室を見上げているような。なんだか死神のような雰囲気だ。

いや、それを言うならパンツスーツ姿の雪緒だって、そう見えるわけだが。

まさか仲間なのか……そう思い、右横を見る。

だが、雪緒は既に何事もなかったように前を向いていた。

もう一度視線を外に戻す……いつの間にか、黒点も消えていた。

☆

昼休み、ユイは一人でこっそり教室を出た。

勘に従って体育館の裏に来てみると、予想は当たっており、そこには金髪碧眼《へきがん》の中年男が立っていた。やはり、呼び出しだったらしい。詰め襟の、神父が着るような黒衣を着ており、顔にはいつもながら穏やかな笑みが張り付いている。

ユイを見ると笑顔が一層深まり、なんのつもりか、恭しげに一礼などした。

「二年ぶりですかな？　いつもながらお美しい。美と強さの双方に恵まれた者は、滅多にいないのですよ。……貴女《あなた》は神の祝福を一身に受けておられる」

すっと手を伸ばし、ユイの髪を一房掬《すく》い上げる。さらさらとこぼれる黒髪を見て、感心したように首を振った。

「なんと綺麗な髪でしょうか……こんな仕事をするにはもったいないです」

「つまらない真似はよせ、プリースト」

相手の手を邪険に払い、ユイはじろっと（便宜上の）仲間を睨む。

この前会った時には英語で語っていたが、今は完璧な日本語を喋っている。驚くには当たらない。今は超短期間で、どのような国の言語であろうと簡単に習得できる時代だ。

民間の研究機関ですら、睡眠下における自動学習は既に実用化されている。

「なぜここへ来た。挨拶だけなら、電話で済んだはずだぞ」

「そうですね。仰《おつしや》る通りです、ユイ。しかし、あなたの制服姿をぜひとも拝見したいと思いましてね」

ユイの表情を見て、プリーストは小さく両手を上げた。

「怒らないでください。理由はそれだけじゃありませんよ。貴女の健在を確かめに来たのです。なにしろ、裏切り者が出たとの通告があったくらいですからね。いつどこで襲われないとも限りません」

「……どうでもいいことだ。邪魔が入れば殺す。それだけのこと」

プリーストは綺麗に手入れされた眉を上げた。

「相変わらずですね。どうせ、マザーに詳しく訊いたりしなかったのでしょうな」

「興味がないのでな。私が知っておいた方がいいことなのか？」

「いいえ、別に。密告電話があったとかいう話ですが、私も詳しくは知りません。教えてもらえなかったので、立場は同じですね」

穏やかに微笑み、両手を広げる。

「私が作戦に加わるのを納得していただければ、それでいいんです。何も問題ないですよ。貴女は干渉されるのを極度に嫌う方なので、先に申し出ておいただけですから。リーダーも貴女のままで、変更はありません」

要するに、「命令で来ただけで、仕事を取る気はない」ということらしい。

ユイは素っ気なく返す。

「納得はしてない。しかし、命令なら仕方あるまい」

「そう言うだろうと思いましたよ。しかし、時には協調も」

「……待ちなさい」


プリーストを黙らせ、ユイはふいに歩き出す。

足音と気配の両方を断って接近、いきなり体育館の角を曲がった。

案の定、そこには中腰の孝明がいて、ユイを見て掠れた声を上げた。

「うあっ。……て、雪緒！」

「……ここで何をしているの」

ずばり訊くと、孝明は気まずい表情で唸った。何秒かじっと考え、やがてため息をつく。

「悪かった。隠してもバレバレだから白状するけど、誰と会っているのかなと。なんか雪緒のことが気になってな」

「……気になる？」

「悪いかよ」

孝明は膨れっ面でユイを見返した。

「何度言えば信じてくれるかね。心配する相手のことは、気になって当然だろうが」

――くだらない嘘をつくものね。

数日前のユイなら、身も蓋もなくそう断言しただろう。

しかし、これまで彼と顔を合わせてきて、さすがに少々考えが変わってきている。少なくとも、孝明の行動に嘘はなかったように思うのだ。

だからといって完全に信頼したわけではないが、前に聞かされた「雪緒のことを心配している」という部分だけは、信じてもいい気がする。

いや、正確には「信じたい」という方が正しいのかもしれない。

そう、私は信じたいのだ……。

突然、ユイらしくもなく心が騒いだ。

常に凪《な》いだ海のように平静だった心が、ざわざわと乱れてくる。なにか未知の感情が心の奥底から染み出し、表面に上がってこようとしている――そんな気がしてならない。それはまるで、地下で胎動していたマグマが、突如噴出してくるのに似ていた。

その得体の知れない感情が、ユイの冷静沈着な表情を崩そうとしている。なぜか手が震えそうになり、慌ててきゅっと拳を握りしめる。

心の中で、いつもの醒めたユイが驚愕《きょうがく》していた。

ニューエイジ内で、『アイスドール』とまで呼ばれた自分が、一体どうしたのだと。

今や手どころか、細かい震えが全身に波及しようとしていた。

心が騒いでどうしようもない。

平静な顔を保つのに、ありったけの気力が必要だった。

そのせいか、いつしかユイは、黒髪を舞わせてしきりに首を振っていた。

「本当に……信じることが出来たらいいのに」

「え、なんだって？　つか、おまえ具合でも悪いのか。なんか顔色が良くないぞ」

「なんでも……ない！」

数えきれぬ修羅場をくぐってきたもう一人の自分が、強固な自制心で動揺を抑え込んでくれた。

大きく息を吐き、ユイは俯き気味だった顔を上げる。

「戻って、タカアキ。これはあなたには関係ないことよ」

孝明はなにやら言い返そうとして口を開き、ユイの顔を見てまた閉ざした。

どうも今の微かな動揺を、ユイが怒りを抑えているところだと勘違いしたようだ。

「わかった。……悪かったよ、立ち聞きなんかしようとして」

「……許してあげるから、行きなさい」

なにげないその一言に、なぜか孝明はむちゃくちゃ嬉しそうな顔をした。目に見えて表情が明

るくなる。

「そうか！　いやいや、ホントに悪かったよ。反省はしてる。後でお詫《わ》びにうまい棒やるから。ははは、じゃあな！」

なんだかとてつもなく盛り上がり、孝明は機嫌よく去ってしまった。

なんなのだ……本当に。

「これは驚いた……ご学友ですか？」

プリーストの声に、ユイは振り向く。

なんのつもりか、随分と関心ありげに孝明を見送っていた。

「そんなのではない。単なるクラスメイトに過ぎない」

「単なる――ですか」

冷ややかなユイに対し、実に意味深な笑みを見せる。

「貴女と普通に話せているだけでも、あの少年は奇跡に値しますよ。仲間である私でさえ、望んでも出来ずにいるのに。正直なところ、大いに驚きました」

「おまえの話はくだらないことばかりだ。何が言いたいのだ、プリースト」

慈愛に満ちた神父その物の顔で、プリーストはにっこり笑う。

「ご自分でお気付きになってませんかね？　あの少年と話していた時の貴女は、普通の女の子のような語り口調でしたよ」

ユイは僅かに足を開き、ひたと眼前の殺し屋を見つめた。切れ長の瞳に、雷光が走る。

自分でも説明し難いが、冷たい怒りが全身を駆け抜けていった。

「……私を怒らせたいのか」

プリーストの笑顔は消えない。

「図星を突かれると、誰しも痛いものです」

「……はっきり言葉にしないとわからないのか？　私は『黙れ』と警告しているのだ」

そのセリフに籠められた不吉な「何か」に、さしものプリーストも笑顔を消す。

それでも、挑発的な口調は消えていない。

「貴女に私が殺せますかな、アイスドール」

その刹那——

双方、計ったように同時に動いた。

プリーストの黒衣が翻り、ユイが疾風のように踏み込む。

振り抜く彼女の手が、一瞬霞んだ。

ただし、動いたのは同時でも、動作を終えるまでのスピード、それから相手の攻撃に対する見切り……それらには、大きな差があった。

その場に誰かがいたとしたら、同じ速さで同じ動きをしたように見えたろうが、実力の違いは冷厳な事実となって現れたのだ。

微かに風が鳴り、銀光が煌めいた直後、既に勝負はついていた。

プリーストのナイフを持った右手は、ユイの左肘によってガードされており——ユイの右手は彼の喉元にナイフを突き付けている。

後はざっくりと引くだけだ。既に、喉元に赤い線が出来ていた……彼が逃れようとすれば、一気に死に追いやる構えである。

「先程の質問に答えよう、プリースト」

肌に冷気が忍び寄るような声音で、ユイはひっそりと囁く。

内容も、容赦なかった。

「……おまえを殺すなど、造作もないことだ。死体処理に手間取るが、なんならここで殺してやってもいい」

綺麗な黒瞳には動揺もためらいもなく、ただ醒めた光でもってプリーストを射抜いている。

どんな馬鹿であろうと、完全にユイが本気だとわかっただろう。


ああ……なんと美しい。


追い詰められてなお、プリーストはそう思った。この、冷え切った美しい瞳に見据えられ、かつて何人が命を落としたことか。彼女のような死神に魅入られて死ねるのなら、それも悪くないかもしれない、とまで思った。

だが、どうせなら別の楽しみを見出《みいだ》した方がいいだろう……。

「謝罪しますよ、ユイ」

プリーストは自ら右手を下げ、戦意のないことを示した。

「武器を収めてください……貴女を怒らせたのは間違いだった」

ユイは黙ってナイフを引き、元の立ち位置に戻った。

プリーストは音を立てて息を吐き、わざとらしく額を拭う真似などする。自らもそっと武器をしまった。

「私はさっさと引き上げた方がいいようですね」

「わかっているではないか」

「わかっていますとも。連絡事項さえ伝えたら、引き上げますよ」

やっと真面目な顔でユイを見る。

「決行日は明日に決まりました。時刻は当初の予定通り。場所については、いつものように後ほど知らせるそうです」

「明日？　マザーの仰りようでは、もう少し先だと思ったが……」

「我々は単なる歯車ですからね。マザーが教えなかっただけでは？　それとも、明日だとご都合でも悪いですか」

プリーストの最後の一言は、なぜか手痛い楔《くさび》となってユイの心に突き刺さった。

もちろん、自分にはなんの不都合もない。いつ決行しようが同じことだ。

それなのに……なぜか心に引っかかる。

しかし、ユイは返事としては「いや、別に」と即答した。

プリーストは好奇心の強い男だ、余計なことを気付かれるのは面白くない。

だが……そもそも何を気にしているのだ、私は。作戦が早まるのは、当然考えられたことだろうに。

プリーストが続けて作戦の説明をしていたが、ユイはろくに返事もせず、自分の考えに閉じこもっていた。


プリーストは密かに裏門から去り、ユイもさっさと校舎内に戻った。午後の授業に遅れ、目立つような真似は避けねばならないのだ。

が、ユイが昇降口に入ると、下駄箱の隅っこに孝明が立っており、片手を上げた。

「よう。さっきはすまなかったな、ホント」

「……別に。あなたの好奇心の強さは、もう知っているから」

ユイは俯き気味に、素早く上履きに履き替える。間近で見ている孝明が少し気になったが、かといってどう話しかけていいか思案が浮かばなかった。

ユイにとって会話とは、相手に用事がある時、最小限の言葉を費やしてするものなのだ。他愛ない四方山《よもやま》話などは、ユイには無縁の物である——とにかく、これまでは。

しかし、なぜこの子はこんなに真剣な目で私を眺めているのか。私が変な格好でもしているの

だろうか……服装は清潔を保っているつもりなのに。

などと思いつつ、黙って孝明の横をすり抜ける。背後から声がかかった。

「なぁ、雪緒」

「……なに」

呼び止められて、どこかほっとしている自分がいた。

しかし、相変わらず返事は味も素っ気もない。自分でも、もう少しどうにかならないかと思う。

――そんなことを思うこと自体が、以前にはなかったことなのだけれど。

「さっきおまえ、俺のことを『タカアキ』って呼んだよな」

「だから？」

「いやまあ……『だから？』と言われるとアレだけど。そのー、俺もこれからは、雪緒じゃなくて『ユイ』って呼んでいいか」

ユイがじんわりと振り返ると、孝明は慌てたように手をばたばた振った。……両手で。

「いやいやいやっ。別に何だよ、『まずは呼び方からソフトに変えてレベルアップ』とか、姑息《こそく》なこと考えているわけじゃないぜ？　いや、ホント。そういうギャルゲーみたいな理由じゃなくてだな、とにかくその」

五秒ほど考え、

「まあ、なんとなくそうしたいなと」

「……あなたの言うことはよくわからないけれど」

ユイは首を傾げてゆっくりと答える。

「別に呼ばれ方にこだわりなどないわ。好きになさいな」

「そうか！　ははは、そうかぁー」

びっくりするほど感情を露《あら》わにして、表情を輝かせる孝明である。

ユイの肩を気安くぱんぱん叩き、何度も頷く。

「ありがとう、ありがとう！　いやぁ、ゆってみるもんだわな。ははは っ」

一体、何が嬉しいんだか……。

そんな風に思っていたユイだが、なぜか悪い気はしなかった。

「はっくしょー！」

豪快なくしゃみと共に目が覚めた。

孝明はいつもの癖で、手を伸ばして近くの目覚ましを止めようとした——が、右手は何もない床を叩いただけである。

それでやっと状況認識が出来た。

ガタガタ震えながら上半身を起こす。毛布にくるまれた身体は埃っぽくて固い床の上にあり、周囲に人の影はない。それも当然で、ここは廃業したデパート内なのだ。

蛍に見せられたビジョンに出てきた、ユイが倒れていた現場である。


目が覚めるに従い、孝明は注意深く、周囲の気配を窺《うかが》う。

床どころか空気までしけってカビっぽく、辺りには空っぽのワゴン台がたくさんと、四角い大きな柱が何本か見える。がらんどうのフロアの隅っこには、棚などを解体した資材が、無造作に放り出してあった。

「……四階、婦人服売り場でございま～す——てか？」

声音を作って囁く。

周囲の様子は数年前に最後に来た時と何ら変わらなかったが、堆積《たいせき》した埃の量だけは確実に増えていた。それでも、今のところは計画通りだし、問題はない。

孝明は、自分にそう言い聞かせる。

いまだに、一階非常口のドアから入れたのはラッキーだった。そこの警備用マグネットセンサーは、孝明達が遊び場にしていた当時から剝《は》がれてしまっており、現在も修理された形跡がなかったのだ。というか、そもそもセキュリティーが生きているのかどうかも怪しい。

階段を上ってこの四階まで来たが、センサーらしき物はなかったと思う。皆無のはずはないが、多分、主立った入り口にちょこちょこ付けてあるだけなのだろう。

「まあ、誰も来ないわな、こんなお化けデパート。ましてや、昨晩からずっと潜んでいた俺は、大馬鹿かもしれん」

やたらと見通しの良い「元婦人服売り場」を見やり、孝明は人知れず唇を歪めた。

——孝明の考えはこうだ。

例のビジョンを見る限り、現場はここに間違いない。そして周囲の光量からして、あれは晴れた日の午後辺りであろうと。

孝明は当初、「ユイが学校を休んだ日、即座に駆けつければ間に合うだろう」と考えていた。

しかし、後で思い直した。

暗殺だかなんだかを目指す者なら、早めに現場に来ているのではないかと考えたのだ。

その場合、ユイより後からノコノコ来ても、ここまで気付かれずに侵入出来ないだろう。ユイ本人に止められるか、あるいはユイを撃つはずの誰か（そいつが地獄に行きますように！）に止められるか。いずれにしても、運命の瞬間を回避することが不可能になる。

それを考えると、早めに待機しているのに越したことはない。後悔しないためには、そうするべきだ。というわけで――

決して肝っ玉が太いわけでもない孝明は、お化けデパートの中でガクガクブルブルと夜を明かしたのである。

今日が運命の日ならともかく、下手すると、当分はここから登校する羽目になるだろう。

『母親が出張中で良かった……』

つくづくそう思う孝明だった。

だいぶ目が覚めてきた。

孝明は用心深く立ち上がり、売り場を出る。いつ誰が来るかわからないので、抜き足差し足でトイレに入った。

「う～、さぶっ。しかし、何日くらい遅刻生活になるかなぁ。怒られるだろうなぁ、俺」

ボヤきながら用を足し、洗面所で顔を洗う。幸い、ちゃんと水は出た。最初は茶色かったが、しばらくすると濁りは消えてくれた。持参のタオルでゴシゴシ顔を拭いていると、ポケットの携帯が震えた。

相手を確かめ、耳に当てる。

「……モシモシ？」

『なにを間の抜けた声出してんだ、馬鹿』

滝川の呆れたような返事。

「単に寝起きなんだよ。……で、なんだ？」

『なんだじゃねーだろ。昨晩、おまえが電話でゆってきたんだろうが。HR直前になったら携帯に連絡くれって』

そうだった！

誰も聞いてないのに、孝明は背中を丸めて端っこに寄る。

「もうそんな時間だったか！　わりぃ、寝惚《ねぼ》けてた。それで、ちゃんと廊下に出ているだろうな。雪緒がいて聞かれたらまずいんだ」

『出てるよ。どのみちそんな心配いらんて。雪緒ちゃんも来てねーもん』

孝明は息を飲んだ。そうするとあいつのサボりでない限り――幸か不幸か、例の日は今日である可能性が高いってことだ。

『なあ、おまえらナニやってるわけ？　もうHRの時間だぜ。おまえ、ズル休みする気かよ』

「……おまえずっと前に、水風呂に入れないヤツの話をしてくれたよな」

厳かな声で孝明は返す。

『そりゃ、覚えてるけど？』

怪しむような滝川の声。

水風呂の話というのは、滝川が塾の友人とファミリー温泉に行った時のエピソードである。冬の最中に三人で行ったらしいが、そのうちの一人が、サウナの後でどうしても水風呂に入れなかったらしい。

足の爪先からじわじわと入ってみたものの、その冷たさに怯み、ついに肩まで浸《つ》かることが出来なかったそうだ。お陰でサウナから出た後、そいつだけは着替え所でいつまでもだらだらと汗をかいていたという。

ああいうのはある程度まで浸かると、あとはざぶんと行くのがコツなのに、ビビっちまってそれが出来ないんだな——と、当時の滝川が得意気に解説してくれた。

単にそれだけの話である。

「あの時さぁ、おまえ言ってたよな。『ざぶんと浸かるだけの勇気がないヤツぁ、どうしようもない』とかなんとか……」

『……まあ、そんなこともゆったかな。だからそれがどうしたんだって？　ていうか、今チャイムが鳴ったぞ。早くガッコ来いよ』

孝明は大きく息を吸い込み、我ながら悲壮感に溢れる声で告げた。

「達者でな、滝川。俺はこれから、水風呂に飛び込むんだ」

『はぁ？　ちょっとおまえ、なにを——』

――通話終了。

問答無用で携帯を切る。

下の方から、微かに足音が聞こえた。

げっ、と思う。まさか、もう来たのか！

しかもしかも――これは、一人じゃないような。

足音が重なっている？

孝明は急いでトイレを出よう――として、洗面台の水が流れた部分をタオルで拭う。人がいた痕跡《こんせき》が残っていたらまずい。

湿ったタオルを手に、可能な限り急いで売り場の隅へ戻る。

置き去りにしたボストンバッグを回収、部屋の隅に立てておいたアルミの梯子《はしご》へとりつく。

わざわざ探して、昨晩から設置しておいたのである。ここの天井は電気工事や配線点検のためか、所々に蓋付きの四角い点検口がある。そこから中に入ることが可能なのだ。

天井内部は、厚いパネルのような物が金属フレームで補強されており、一応は腰を屈めて移動できる。孝明は入ってきた点検口を閉め（梯子は今更どうしようもない）、ソロソロと見当を付けた方向へ移動を始めた。言うまでもなく、なるべくフレーム部分に足をつけ、パネルを直接踏まないようにして。

だが——足音がいよいよ迫ってきたような気がして、孝明はそこで動きを止めた。

バレたらどうなるか考えたくもない。

……しばらく待っていると、問題の足音が階段を上ってくるのがはっきり聞こえた。

☆

時間が来て、ユイはマンションを出た。

テニスバッグを片手に、迎えにきた車に乗り込む。

車が走り出し、昨日の朝、孝明と出会ったT字路を左に折れた。さすがに今日は、彼の姿は無かった。多分、あきらめて学校へ行ったのだろう。……もしかしたら部屋まで見に来るかも、と思っていたのだが、残念ながらそこまではしなかったようだ。

そこで、はっと顔を上げる。

「それは喜ぶべきことなのに」

チームの一人であるドライバーが、ルームミラー越しにユイを見た。

「なにか仰いましたか？」

「なんでもない。現場からの報告はあったか？」

ユイはすぐに気を取り直し、きびきびと聞き返す。

部下は丁重に答えた。

「はい。特に問題はありません。予定通り決行です」

「……ならいい」

もう済んだことだ……自分に言い聞かせ、クッションに背を預けた。

——ところがである。

いざ現場について、閉店したデパートの中に入った途端、ユイは紛れもない違和感を覚えた。

これまで、直属のボスである「マザー」にすら語ったことはないが、実はユイには秘密がある。隠している能力を「秘密」と呼ぶのなら、だが。それというのも、人の気配が読めるのだ。あやふやな「第六感」の類ではなく、まさにセンサーのように、正確に他者の所在を摑めるのだ。

いつからそんなことが出来るようになったのか、もはやユイ自身も覚えてはいない。しかし、この感覚については絶対の自信があった。外れたことがないからだ。

おそらくこの仕事を続けるうちに、感覚が尋常でなく研ぎ澄まされたのだろう——と自分では思っている。よほど距離があるか、建物内部に何人もいるのなら別だが、この程度の規模の店内なら……しかも中が空っぽともなれば、容易に個々の気配を探れる。どの階に何人いるという細部まで、確実に当てることも簡単だ。

——そして今、この廃デパートの内部には、予定外の誰かがいる。

ユイには自分の掌を指すように、簡単にわかった。

何気なく階段を上り、ユイは四階の空っぽになった売り場へと入る。そこで立ち止まり、静かに目を閉じた。

遅れてついてきた仲間に問う。

「……プリースト、いま一度確認するが、予定外の事態は起きてないのだな？　チームの全員はそれぞれ外で配置についているのか。配置の変更はないのだな？」

足音は背後で止まった。

ちょっと驚いたような声音が返す。

「もちろんです、ユイ。全て予定通りですよ。議員が乗った車は午後早くにはこの前を通ります。貴女が彼を撃ち――待機中のチームのメンバーが、ドライバーと、いれば護衛も殺す。それで作戦終了です」

そこで声をひそめ、

「なにかご懸念がありますか」

「――いや、別に」

ユイは首を振り、

「ターゲットが後部座席右側に乗っているのは間違いないな？」

「調査したところ、彼が左側に乗った例は報告されていません。今日に限ってそちらに乗ってい

たら、チームの方で始末しますよ」

「……その必要はない。よほどの例外を除いて、射線の確保は出来るだろう」

「では、予定通りに？」

ユイは素っ気なく言った。

「おまえの存在は予定外だ」

「それは仕方ありません」

おどけるような声の返事。

多分、背後で肩でもすくめていることだろう。

「私はいわば、貴女の護衛ですよ。チームに裏切り者がいるとは思えませんが、まあ用心は必要です」

「……好きにするがいい。私にはどうでもいいことだ」

そう、本当にどうでもいいことだ……。

ユイは足取りも重く歩を進め、窓際の隅に立つ。どさっとバッグを置いた。

ぼ～っと外を眺めながら、頭の中は天井にいる「誰か」のことで一杯だった。

心の中でいくら否定しようとも、ユイの鋭敏な感覚は、彼の気配をしっかり認識している。

この感覚は、間違いなく孝明だ。彼が天井にいる。

なぜそんな所にいるのかは、この際はどうでもいい。問題は、孝明が今日の決行のことと、この場所の存在を知っていたという事実だ。それが意味する所は、ユイの考えでは一つしかない。

……あの少年は、どこかの組織が送り込んだエージェントだったということである。

孝明の仲間がニューエイジ内部にいて、詳細な情報を流した？

彼がここを知り得た理由としては、それくらいしか有り得ない。いかに可能性が低く、そしてユイ自身が否定したくとも、他に説明のしようがない。でなくて、どうしてここに来られるだろうか。

この作戦の詳細は、普通の生徒に過ぎない立場では、絶対に入手出来ないはずなのだ。

プリーストは昨日、「密告電話があった」と言った。案外その密告とは、孝明とその仲間の存在をほのめかすものだったのではないか。

もしそうだとすると――いま感じている他の『違和感』についても納得が行く。想定外の事態については、全て彼の差し金なのだろう。

混乱していたユイの心中も、徐々に落ち着きを取り戻し始めた。いや、落ち着きというよりも諦観《ていかん》と称した方がいいかもしれない。絶対に有り得ない事実を取り除き、最後に残った物が真実なのだ。

たとえそれが、どれほど信じたくないことであろうと。

「……疲れたわ」

「――！　なんと仰いました？」

いつも穏やかなプリーストが、ぎょっとしたようにユイを見た。

いつの間にか、内心の思いを口にしていたらしい。

「別になんでもない。寝不足だと言いたかったのだ」

「寝不足……貴女がですか？」

プリーストの驚きの表情は消えない。

そんな些細《ささい》なことさえ、今のユイには煩わしかった。「貴女がですか」だと？　いかにアイスドールと呼ばれようと、私だって人間だ。疲れないとでも思っているのだろうか。

「何も中止したいとは言わない。いいから、おまえは外を見張っていなさい」

怒りを抑えて命令する。

心の中に充満しつつある絶望感は圧倒的で、それに虚脱感まで加わっている。もうどうでもいい……そんな気分になっていた。本来なら、直ちに孝明を引きずり下ろし、この現状の説明を求めるべきだろう。さらに、急変した状況についてマザーに報告し、対処も考えねばならない。

しかし、それらの全てが、もはやユイにとってはどうでもいいことだった。自分を支えていた芯の部分が消滅し、その場に座り込みたいほどの脱力感に襲われている。

もう私は疲れたわ……手ひどく傷ついたユイは、いつしか唇を噛《か》んで俯いていた。

今日で終わりにしてやる……何もかも。

こんな気持ちになるくらいなら、死んだ方がマシだ。我ながら意外だったが、そこまで思い詰め始めている。

虚ろな視線を辺りに向けてみる。

いつもと同じく、全ての色彩が欠如した、灰色の世界が広がっていた。視覚異常は、治るどころか益々酷《ひど》くなっているようだ。

だが……この味気ない世界とも、今日でお別れにしよう……空《むな》しく生きていく意味はない。

今度のことで、ようやく決心がついた。

☆

天井に隠れている孝明は、その時、ユイの気も知らずにじわじわと前進していた。

例の落書きが残された床部分の、斜め上くらいに、天井の点検口の一つがある。

嵌《は》め込み式の四角い蓋みたいなので塞いであるだけなので、取るのは簡単だ。いや、それを取るのはギリギリの瞬間として、蓋の脇でごくごく小さな光が洩れているのが見える。

ボロい廃デパートのこと、あれはおそらく天井に開いた穴の類だろう。

上手くすれば、あそこから下を覗けるかもしれない。


——ユイ達が到着するしばらく前。

外の、ニューエイジ側の暗殺チームをさらに囲むように、光太郎とその部下達が静かに囲みつ

つあった。ギリギリまで手出しは避けるつもりだが、予想外の事態になれば、高みの見物というわけにもいくまい。

などと考えていた所へ、いきなりノックの音。

正直、神村光太郎はぎょっとした。

今いるタバコ屋は既に廃業していて、完全に空き家になっている。だからこそ見張りの場所に選んだのだ。こんな場所に人が来るはずないのだが？

光太郎の当惑に関係なく、ドアが開いて蛍が入ってきた。走ってきたのか、少し呼吸が荒い。

「うわ、おまえかよ！　相変わらず、凄い『力』だ。よくここがわかったなぁ」

そこで肝心なことに気付き、

「て、仕事中は危ないから来ちゃだめだって言っただろ」

蛍は全く時間を無駄にしなかった。

憂い顔でいきなり爆弾を落とした。

「神部さんがあそこに来ています」

光太郎は目まぐるしく表情を変え、最後に一声呻いた。

「……まいったね。本当か、というのはおまえには無用の質問だな。どの階だ、あそこのどこにいる？」

蛍はとてとて歩き、光太郎の横に並んだ。

二階の窓から、あたかも直接現場を見るような目つきで、遠くのデパートを見やる。

ずばり答えた。

「四階です。――もうすぐ、ユイさんがあそこに来るのに」

「くそっ。あいつはどうやってあそこを見つけたんだ！」

「それは後で。このままだと危険なんです。……あそこに置いたままだと、もう一人の人が不審を覚えるのに……」

「置いたまま？　なにをだ？」

光太郎は厳しい口調で尋ねた。

☆

時間が来るまで待機状態が続いたが、その間、ユイは無言のまま壁際に突っ立っている。

最初は頻繁に話しかけてきたプリーストも、ユイがいつにもまして無反応なためか、以後は静かになった。

――やがて、「その瞬間」が来た。

携帯が振動し、機械的にユイが耳に当てると、『小鳥がそちらに向かいます』と部下から一言。

作戦開始の合図である。

ユイは既にバッグから出していた、スコープ付きの狙撃銃「H&K　PSG1」を持ち上げ、細く窓を開ける。サブウェポンとしてはFN―P90やIMIデザートイーグルなども用意してあ

るが、狙撃が任務となれば、まず使用する機会はあるまい。念のためこのＰＳＧ１も、弾倉はＧ３用の二十発入りと交換してある。

ユイが動くのを見て、プリーストが尋ねた。

「時間ですか？」

「そうだ。たった今、連絡が入った」

簡潔に答え、こっそり独白する。

『……そして、これが最後の仕事になる』

「はい？　何か仰いましたか」

「空耳だろう。……それより、少し黙っていてくれ。ターゲットが来た」

窓越しに黒塗りのセダンが来るのを見やり、ユイはＰＳＧ１を構え、射撃姿勢を取る。

同時に、背中にすうっと冷気が走る。

ユイだけが持つ例の特殊な感覚が、警告を発したのだ。

孝明の仲間——敵達が移動し始めている。

やはり、私の命を奪うのが目的だったのか。いいだろう、大人しく殺されるこの私ではないっ。全員、地獄へ道連れにしてやろう！

だが、まずは任務が先だ。

デパートの前を走る国道へ、まさにターゲットの乗るセダンが差し掛かろうとしている。スコープを覗いていたユイは、眉をひそめた。

「ターゲットはサングラスをしているぞ。議員のデータに、そんな項目はあったか？」

「いえ、初耳ですな。調査資料では、普段から眼鏡すらしないとありましたが」

不審を覚えたようなプリーストの声。

「顔はどうです、川村本人と断定出来ますか？」

「……似てはいるが、断言は出来ない。だが、もう時間がない。ターゲットはすぐに射線に入る」

ユイは即座に決断した。

「私は予定通りあいつを撃つ。作戦決行だ！」

同時に、スコープの中で議員の横顔が大写しになる。数十メートル程度の距離は、ユイにとっては必中の範囲内だ。

少しだけ空に雲が出てきたが、この程度は射撃に全く問題ない。

一度呼吸を止め、ユイはぐっと引き金を絞る。

乾いた銃声が大きく響いた。

☆

ユイが引き金を引くずっと前から、孝明は天井の小さい穴からこっそり下を覗いていた。

ユイの他にもう一人、昨日学校で見たヤツもいた。合計二人！

今の所、双方、孝明に感づいたような気配は見せていない。……いないが。

なにかユイの様子がおかしい。

孝明の勘に過ぎないが、どうもいつものユイと様子が違う。あいつはもっとクールな表情がデフォルトのはずで。

今日のように悩ましい顔で唇を噛んでいるのを見るのは、初めてのことである。

しかし、それでも孝明は「バレているのか！」とは考えなかった。なにしろ、ユイは全くといっていいほど、天井に目を向けないのである。気付かれたとは到底思えなかった。

なので、ユイの様子を見て首を傾げていたに過ぎないが、そのうち嫌なことに気付いた。

ちょっと待て、待ってくれ。

このままここで見ていると、結果的にユイは「狙撃」とかするんじゃ？　現に、神父みたいな格好したヤツと、「議員を撃つ」とかなんとか話をしてたし。

——となると、俺は殺人現場を見過ごすことになる。

そんなことは最初からわかっていそうなものだが、孝明は「ビジョンで見たユイの死」を回避することだけを必死に考えていて、そっちについてはすっぽり思惑から抜けていたのだ。

というか、肝心のユイを助ける算段だって、まだついていない。

『このまま放っておけない。なんとかしないと』

そう決心してここへ来ただけである。

だいたいが、「ビジョンで見た日」はまだだいぶ先だろうと予想（願望ともいう）していたのだ。よもや、初日から大当たりを引くとは。

お陰で、今のところはマジでなんの考えもない。正真正銘の無策である。

間抜けとしか言いようがない……孝明は我ながらそう思った。

考えなしの自分にアワアワしているうち、時間はどんどん過ぎ、しまいには午後になっていよいよユイが準備を始めた。連絡が来て、「たーげっと」とやらが来るらしい。

ヤバい、もう時間がないっ。

ユイを助けたいのも確かだが、だからといって人殺しを見過ごすことも出来ない。この際、降りていってユイに本当のことを告げるか、とまで思った。いや、そんなことをしたってまずいことになるだけだとは思うけど。

くそっ、それでも放っておくわけにはいかないだろう！　孝明は歯がみした。

とっさに、隣にある点検口の蓋を取ろうと手を伸ばす。

そこでいきなり、「脳内に」強い制止の声がかかった。

『だめです、神部さん！』

はっと孝明の手が止まる。

次の瞬間、ユイが引き金を絞り、銃声が響いた。

☆

——なにっ!?

一瞬、ユイの脳裏に疑問が走る。

弾丸は発射され、確実にセダンの窓に命中した。にもかかわらず、議員は倒れなかったのだ。

弾が窓を貫通していない……あれは防弾ガラスだったらしい。しかし、それはおかしい。

ターゲットは休暇で自己所有の別荘に向かう所であり、あのセダンは公用車ですらないのだ。

まさか、普段から防弾処理を施した車で移動しているはずもあるまい。どうやら孝明とその組織は、ユイ達を見張るだけではなく、積極的に邪魔をするつもりのようだ。

——我々のテロ組織、ニューエイジと敵対する組織だろうと思ったのに、そうではないということか?

しかし、ユイの困惑は正に刹那の間であり、次の瞬間にはもう、タイヤを狙って連続で発砲していた。銃声が正確に二発続き、黒塗りのセダンは前後のタイヤがパンクして停車した。すかさず、セダンの周囲で多数の気配が動く。

停車していたワゴン車や、プレハブの工事事務所などに潜んでいたニューエイジの暗殺部隊が

幻のように現れ、急速にターゲットの乗る車に接近する。元々二段構えの計画だったので、打ち合わせ通りの動きである。

しかし……見下ろすユイの前で、部下の一人が派手にのけぞって倒れた。

残る五人が、はっとなって身を低くしようとする。しかしその甲斐《かい》もなく、次々とその場に倒れ伏す。全員、急所から血飛沫《ちしぶき》を上げて。

「誰かが、超遠距離から狙撃しています！」

今頃になってプリーストが呻く。

「わかっているっ」

ユイは短く返す。

頼りにしてきた例の感覚が、今になって次々と新手の出現を教えてくれている。暗殺チームが伏せていた地点をさらに囲むように、多数の敵が伏せていたようだ。

ユイは振り返ってちらっと階段の方を見やり、ＰＳＧ１をすかさず放棄して、左右の手に一丁ずつ、Ｐ90サブマシンガンを持つ。

「私が認識可能なさらに外側に、狙撃手を配置していたのか……では、店内の伏兵は我々に向けたものか」

「それは一体なんの——」

言いかけ、なぜかプリーストが眉をひそめた。

「Ｐ90も持ってきましたか……今回は、ＰＳＧ１を使うと聞いた気がしますが」

「実際、使ったではないか。こっちはサブウェポンとして用意していただけだ」

「なるほど。まあ、私はいいんですけどね……私はね」

「なら黙っていろ」

おざなりに答え、ユイはまた階段の方に視線を向ける。それから窓へも。

ついでに、「用心しろプリースト」と注意を促しかけたが、肝心の相手は携帯を弄《いじ》っていた。

「……なにをしている?」

プリーストはすぐに携帯を収め、

「連絡です。この緊急事態をマザーに送信していました」

「……そんな悠長なことをしている場合じゃない、プリースト。敵が来るぞ」

言うなり、ユイは正面の窓へ向け、いきなりP90を連射した。

ダダダダダッというサブマシンガンの銃声が頼もしく響き、窓をぶち破って侵入しようとしていたコマンドを直撃する。弾丸の威力で彼は一瞬だけ空中に静止し、吹き出る鮮血を身に纏《まと》って落下していった。

残されたロープだけが、ゆらゆら揺れる。

しかし、ユイは瞬時に次の動作に移っている。黒髪を舞わせ、さっと斜め後方、つまり階段の方へ振り返る。間髪を入れず、撃ちまくる。

まさに、タイミングを計ったようにそこに現れた二人のコマンドに命中——二人は、その場で下手なダンスのごとく身体を揺らし、連射が途切れると崩れ落ちた。即死である。

ちゃんと防弾装備をしていたが、P90の弾丸はライフル弾を小型化したような形状をしており、高レベルの防弾チョッキといえども容易く貫通するのだ。

さすがにプリーストも緊張感に目覚めたのか、愛用のシグ（自動拳銃）を抜く。

「まさか、既にこのデパートにも敵がっ」

動こうとするのを、ユイは手を上げて押し止めた。

「邪魔になるだけだ。おまえはバックアップに専念しろ！」

命令を下した頃には、既にてきぱきと弾倉交換が済んでいる。装塡《そうてん》し直したP90を両手に、ユイは女豹《めひょう》のようにしなやかに走る。長い髪をなびかせて一気にフロアを横断し、死体を飛び越えて階段に至る。

ちょうど、階上から駆け下ってきた新手に、サブマシンガンの連射をお見舞いしてやった。

「うがっ！」

声にならない悲鳴を上げ、三人がまとめて弾丸のシャワーを浴びた。絶命した直後、もつれ合うようにしてゴロゴロと転がり落ちてくる。

それを顧みることなく、ユイは身を翻す。フロアに舞い戻り、今度は中央のエスカレーターへと疾走、最上段からふわっと跳ぶ。猫のように長身を回転させ、音もなく三階フロアに着地、さっと両手を左右に真っ直ぐ伸ばす。

身のこなしはあくまで軽く、まるで体重を感じさせない。

「悪いが、おまえ達の動きは完全に把握している」

叱声とＰ90の咆哮が同時である。ろくに見もせずに撃ったのに、フロアの両端に待機していた敵に全て命中、例外なく血飛沫と共に倒れた。――無論、例によって、死体の確認などしない。

気配が読めるユイには、その必要すらない。

弾切れとなった二丁のＰ90を、その場へ無造作に放棄、顔色も変えず、今度はショルダーホルスターからデザートイーグルを抜く。

堂々と歩き、階段の方へ。

そこには肩を撃たれた一人が、呻き声と共に身を起こす所だった。手にはまだ、ロシア製のカラシニコフ（突撃銃）を持っていたが、なかなか持ち上げることが出来ないようだ。

「おまえが最後の一人だ」

「ど、どうして……」

これは多分、「どうして俺達の所在を正確に摑めたんだ？」と訊きたいのだろう。しかし、死にゆく者へ自分の能力について説明しても仕方ない。

ユイは黙ってデザートイーグル持ち上げ、頭部にポイントする。

「ま、待ってくれ！　悪かったっ。話す、なんでも話すからっ。実は俺達は」

「興味ない」

ドンッ

皆まで聞かず、ユイは撃った。

派手に血が噴いたものの、ユイは既に歩き出している。

踊り場の方へ行き、階段の手すりから半身を乗り出して上方を見る。狭い隙間《すきま》から、ずっと上の階の気配を探る。

——こそりとも音がしなかったし、なにも見えない。

しばらく観察を続けたが、一切の動きがないままだった。

「気のせいだったか……」

ゆっくりと身を翻し、ユイはフロアへ戻った。

☆

頭の中で強い制止が聞こえたお陰で、孝明は飛び出さずに済んだ。

まあ、今の声の正体はだいたい見当がつくし、結果的には制止されて幸いだった。

狙撃は失敗し、どうやらユイ達の別働隊も襲撃に失敗したようなのだ。どこぞの「議員」とやらは助かったらしい。

それはともかく、孝明としてはつい先程から奇妙な違和感を覚え始めているのだが、その正体は未だに明らかではない。いま眺めているこの場面のどこかに不審を覚えているらしく、気にな

って仕方ないのだが、何が気になるのか、幾ら考えても答えが出なかった。

そのうち、それどころではなくなった。

いきなりユイが窓の外をめがけてサブマシンガンを撃ちまくり、突如としてそこに現れた誰かを殺した。

いや、孝明が覗く穴からでは全部は見えなかったが、窓から侵入しようとしたヤツがいたらしい。紐みたいなのがぶらぶら揺れているので、上階から突入しようとしたのだろう。

そいつが撃たれて殺されたのだ。

——そのシーンはあっという間に終わったが、血みどろで落下する男の姿はちらっと見えた。

そして、殺し屋二人の緊迫した会話。


『まさか、既にこのデパートにも敵がっ（銃を抜く神父もどき）』

『邪魔になるだけだ。おまえはバックアップに専念しろ！』


後はもう、ユイの独壇場である。

見える範囲は限られていたが、階段付近のユイの奮闘は少しだけ覗けた。

そのうち、戦闘は階下に移動していく。

孝明はその間、何も出来ずに息を潜めていた。……どういうことだ？　てっきり、ユイを撃つアホたれはあの神父もどきだと思ったが、新手が来たのか？

しかし、ユイが撃たれるはずの場所は、孝明の直下であるはず。そこに、例の落書きがあるからだ。逆に言えば、この位置にユイが来るまでは、危険はない――ということだ。

そう思い、動かずに待つことにした。

……今この瞬間に、ユイが戦いまくりな件については、余計なことは考えないことにする。撃たなきゃ撃たれるのであれば、仕方ない。

ユイが死ぬより一億倍はマシだろう。

身勝手と言われようが、それが孝明の考えであり、優先順位というヤツだった。

そのうち、完全に銃声が止んだ。

例によって足音すらしなかったが、ユイがエスカレーターの方から戻ってくるのを感じた。

すぐに、孝明の視界にユイが戻る。

立ち止まり、プリーストの方を見た。

孝明の足下から、ぞくっと衝撃が走る。今あいつが立っている位置……その足下近くに、例の落書きがある。『ひみつきち』とド下手な字で書かれた落書きが。

まさか……今なのか……今がそうなのか!

ユイが、ひっそりと意味不明なセリフを述べた。

「……そうか……おまえだったのね」

その時、ユイは確かに笑った。

思いっきり空虚で、絶望の滲《にじ》む笑みを浮かべたのだ。孝明は生まれてこの方、こんな寂しそう

な笑みを見たことがなかった。

——ぞっとした。

痺れるような衝撃に、屈んだ身体がぶるっと震える。

今のユイの笑み、そしてこの立ち位置……これは、絶対に偶然ではない。


こいつ、最初から俺の存在に気付いているんだ！


そしてようやくわかった……今になってようやく。

これほどの戦闘力を持つユイが、なぜここで撃たれたのか。

戦闘の末に負けたとか、そういうことではない。あの子の言う通りだった。それが原因ではないのだ。おそらくこいつは、自ら全てを終わりにするつもりで——

☆

ユイは二丁のP90を回収し、重い足取りで停止したエスカレーターを上っていく。

天井の孝明がいま何を考え、どういう行動を取ろうとしているのか、もはや興味も失せた。

未だに動かないのが不思議だが、ほとんどの仲間が殺された今となっては、彼一人ではどうしようもないのかもしれない。

……今なら簡単に殺せる。ふと、そんなことを思う。

なにしろ彼の位置はわかっている。そこへ向けてデザートイーグルを撃てば良いだけのことだ。天井のパネルなど、デザートイーグルの前には紙切れ同然である。

なのに結局、ユイの手は動かなかった。

孝明を殺した所で、何かが変わるわけではない……そう悟ってしまったせいかもしれない。

ついさっきまで心にあった激情は、もはやどこかへ去ってしまい、哀しみと疲労だけが重く澱《よど》んでいる。

しかし、好むと好まざるとにかかわらず、まだ戦いは終わっていなかった。

エスカレーターを上り切る直前、新たなプレッシャーを感じたのだ。

殺気……しかもこれは、孝明ではない。

フロアにそっと足を踏み入れ、ユイは静かにそちらを見る……仲間の、プリーストの方を。

回収した二丁のサブマシンガンを放り出し、デザートイーグルのみをだらっとぶら下げる。

まだ足は止まらず、そのまま歩き続け、自然と孝明の潜む真下辺りで止まった。

なぜわざわざ死に場所を選んだのか、自分でもわからない。

『死ぬ瞬間くらいは誰かに見守っていてもらいたい……たとえそれが、私を裏切った相手でも』

理由らしき理由があるとすれば、そんな所か。

自虐的な笑みが洩れた。

ついでに、もう一人の裏切り者に確認する。

「……そうか……おまえだったのね」

無骨なデザインのシグを構えたまま、プリーストは穏やかに笑い返した。

「状況がおわかりでしょうか？」

「……知りたくもないが。マザーの言う『裏切り者』とは、実はおまえのことだったのだろう。孝明とグルだったのか？」

「タカアキ？　ふむ、この前の少年ですかな」

プリーストは、つっと肩をすくめた。

「一部誤解がありますが、真実はまあ、置いておきましょう。しかし、貴女はさすがだ……美しく、そして強い。こうして戦えるのは至上の喜びです」

なんのつもりか、一度シグを下ろす。

代わりに左手でコインを掲げて見せた。

「いささか芝居がかってますが、これが落ちたら撃つということでよろしいですかな？」

「……好きにするがいい」

ユイは投げやりに了承した。

距離は数メートル……条件が同じなら、自分が負けることは有り得ないと思う。

しかし、もはやユイは決めたのだ。

何もかも終わらせると。


プリーストなら下手な場所に当てて死に損なうこともあるまい。それに、天井にいる孝明にも一部始終が見えるだろう。

ちょうど良い。馬鹿な女殺し屋の死に様を、最後まで見てもらおう。

「では、始めましょうか。仮に私が負けてもお恨みは致しません。ご遠慮なくどうぞ」

プリーストの、聖書を読むような厳粛な声。

「当たり前だ、馬鹿。私が恨むのが筋だろう」

「これは失礼。……私が言うことではないですが、貴女に神の祝福があらんことを」

プリーストは微笑し、その笑みがゆっくりと消えていく。見えない緊張感が彼の全身に漂い、ユイを見る目がすうっと細くなる。

笑みが完全に消えたその刹那、プリーストはコインを投げた。

同時に、天井の方でがたっと音が鳴る。

プリーストの顔に微かな動揺が走る。それでもシグを持ち上げる動きは止まらない。ユイは動かず、ぼさっと突っ立っている。

そこへ――。

なんと、上から孝明が降ってきた。

『水風呂おおおおおおーーーーーーーっ』

などと意味不明な悲鳴を上げ、ちょうどユイの真ん前へ。

「――！　なっ」

さしものユイが呆然とする。

静止した時間の中、両手を広げた妙な格好で落下してきた孝明と目が合った。

涙目で、誰がどう見てもタフなエージェントには見えない。

銃声がフロアに響き渡った。

なぜ孝明がいきなり落ちて来たのか――

いかにユイといえど、とっさにわかりかねた。

しかし、落下中の彼の目を見た途端、身体の方が勝手に動いていた。

極限状態にのみ起きる、全ての動きがスローモーションと化した世界の中、ユイの左手が宙にある孝明を抱え込み、一緒に倒れ込もうとする。

この魔法の瞬間にあってさえ、なおユイの動きに一切の無駄はない。ないが、既に引き金を引きつつあるプリーストに対しては、もはや反撃が間に合わない。

すぐに銃声が響き、弾丸が孝明の右腕を掠めた。ぱっと鮮血が飛び散るのがはっきり見えた。

まだ……まだ致命傷ではない……まだ！

ユイは孝明と一緒に倒れかけていたが、右手がまた自動的に反応してくれた。

蛇が鎌首をもたげるように、デザートイーグルがプリーストのいる方へ動く。

だがそこで、別の方向から銃声が響いた。

新手が来たのだ！　理解が及ぶと同時に「魔法の時間」が解除され、全ての物が正常な時の流

れを取り戻した。

どさっとプリーストが倒れる音。

ユイは死者には構わず、すぐに新手の方へ向けてデザートイーグルを撃った。

向こうは何かしゃべりかけていたが、きっぱりと無視。

『おい、ちょっとま――』

ドンドンドンッ

マグナムの咆哮が一続きに聞こえる、デザートイーグルの重い三連射。

普通の人間なら確実に死んでいたはずだが、なんとこいつは人間離れした速さで階段の方へ飛び込み、避けた。

黒影が残像を残して消え、敵の着ていたコートに穴が開く。

射撃時の反動は、女性が撃つと関節を痛めるほどひどい――そう囁かれるほど扱いにくいデザートイーグルを、ユイの右手はしっかり支えて微動だにしない。

痛みに呻く孝明をそっと横に寝かせ、立ち上がろうとした。

多少は手強そうだが、必ず仕留める！

だが、涙目の孝明が声を振り絞った。

「つ……待て……ユイ。あの人……多分、光太郎さんだ……」

謎のセリフに、待避した誰かが即、答える。

「そう、神村光太郎だ！　俺はそいつの知り合いだ、アイスドールっ。敵じゃない、敵じゃないぞ！」

ユイは無言で、孝明を見下ろす。

うんうんと頷くのを見て、一応銃を下ろした。

「……いいわ、出てきなさい。ただし、ゆっくりと」

指示通りそろそろと、階段の方から男が出てきた。

五月だというのに黒いロングコートを着ており、頭上に挙げた右手に、旧式なＣＺ―75（自動拳銃）を握っていた。

のそのそと近づき、ユイが抱え込んだ孝明を見て眉をひそめる。

「……おい、生きてるか小僧？」

孝明は、腕を押さえたまま震え声を出した。

「もちろん。なんてことないね、こんなの」

「やせ我慢するな、馬鹿。一歩間違ったら、死んでたんだぞ」

「……わかってるけど、当初の目的は達したよ。ユイは無事だった。大事なのはそこさ」

この時だけは、孝明もどこか誇らしげだった。

聞いていたユイは、思わず息を飲む。

それじゃあ……この子が天井にいたのは……私のため……なのか？

ユイの当惑をよそに、さらに男が指摘する。

「命に別状ないが、かといって放っておいていい怪我《けが》じゃないぞ、それ。下手すると傷跡が残るかもな……早く手当しないと」

歩み寄ろうとした男――光太郎に、ユイはさっとデザートイーグルを向ける。

「この子をどうする気？」

「どうって……」

光太郎はとまどい顔で、

「引き取って病院へ運ぶのさ」

ユイはほんの少しだけ考え、腕の中の孝明を見下ろす。

訊きたいことは千ほどもあったが、まずは最も肝心なことを尋ねてみた。

「もしかして……天井にいたのは、私のため？」

「……あんまり役に立たなかったけどな」

震えているくせに、無理に微笑む孝明。さっき見た時は、瞳に少し涙が滲んでいたはずだが、今はもうない。ユイがよそ見をした間に、急いで拭き取ったのだろう。

「ホントは、もっとスマートな方法を使いたかった。……色々事情があって、他にどうしようもなかったんだ」

「……事情は、後で聞くからいいわ」

我ながら優しい声が出た。

で、光太郎を見上げ、元の冷徹な声で宣告する。

「駄目だ、この人は連れて行かせない」

身も蓋もなくユイは首を振った。

「病院なら、私にも心当たりがある」

「ニューエイジの息のかかった病院か？　馬鹿吐《ぬ》かせ！」

口をへの字に曲げる光太郎。

「それが一番ヤバいっ。だいたいなぁ——言い忘れたけど、今は揉めてる暇なんかないんだ。そろそろ警察が動く。いいからおまえは、とっとと逃げろ！」

ぴくりとも動かないユイを見て、いらだったように髪をかき上げる。

「わからないのか？　見逃してやるから逃げろっていうんだ。これでも俺は、最大限の譲歩をしてやってんだぞ！」

「嫌だ。私は孝明のそばにいる」

子供を守る雌狼のように孝明を抱え込んだまま、ユイはあくまで拒絶した。

「……人の好意を無にするヤツだ。こんな美味《おい》しい話を、速攻で拒絶すんな！」

「二人とも、待てって！」

今や震えが全身に及んでいる孝明が、争いに割って入った。

「怪我人を前に喧嘩《けんか》すんなよー。なら、俺とユイの二人で病院へ行けばいいだろ」

そこで光太郎に念押しなどする。

「……もちろん、約束通りユイを捕まえたりしないよな？　男同士の約束だろ？」

「そんな約束したか？　つーか、いつの間にかタメロ叩いてんなよ、おまえ」

ため息などつく、光太郎。

「だけど、わかってる。そのつもりで俺が来てるんだ」

「——だってさ？」

孝明はユイの手を取る。

「ユイも一緒に病院来ればいいさ、なっ」

「……うん」

それなら、ユイにも全く異存はない。

孝明を抱えたまま、軽々と立ち上がった。

「案内してもらおう。……警察が来る、早くしろっ」

「どこの王様だよ、おまえは……」

光太郎のぼやく声には、疲れがどっと滲んでいた。

☆

病院に着き、治療が終わった時点で、孝明は張り詰めていた気が抜けた。分厚い包帯を二の腕に巻かれてベッドに横になった途端、眠ってしまったらしいのだ。

目覚めると、窓の外はもう真っ暗であり、そばにはユイだけが残っていた。

眠る前に見たのと同じ姿勢で座っており、少し心配そうな表情で孝明を見下ろしている。

ユイのそういう態度は瞠目《どうもく》に値することで、いささか驚いた。

まだ寝惚けていた孝明は、ただひたすら寝顔を見られたのが照れくさく、そっと声をかけた。

「……やあ？」

やあ、はなかろうと自分でも思う。

ところが心底驚いたことに、ユイはほっとしたように微笑み、小さく頷いた。

思わず、まじまじと切れ長の瞳を覗き込む。

そこにあるのは見慣れた刺すような視線ではなく、ただひたすら気遣いといたわりのみがある。

この辺で、やっと孝明も違和感を覚え始めた。

「……今、笑ったよな？　うわぁ。俺、ユイのまともな笑顔って初めて見たかもしれない」

冷たい声で、「だからなに？」とか返されるかと思いきや、ユイは何度か瞬きをし、ちょっと俯いた。

……なんだ、そのリアクションは？

孝明が呆然《ぼうぜん》と見守るうちに、ユイは足下からバッグを持ち上げ、ファスナーを開ける。

ごそごそと手を入れ、

「……これ、あげる」

棒読み口調で、唐突に『うまい棒（チョコ味）』を差し出された。

「え？　あ、ああ。悪いな」

せっかくだし、素直に受け取っておく。

ただし、右手がまだ思うように動かず、包装を破きにくい。と、ユイが慌てたようにうまい棒を取り返し、自分で破いて中身を出してくれた。

もそもそ食べている間に、なぜかユイがまたうまい棒を手にしている。今度はあらかじめ包装を剝がして、中身を出してくれた。

「……これもあげる」

「いや、そんなたくさんは……て、ちょっと待て」

なんとなく閃いてしまった。

孝明が身を乗り出してバッグの中身を覗くと、（嫌な）予感は当たっていた。

すなわち、中身は全て「うまい棒」だったのだ。シーチキンの缶詰みたく、ぎっちりとうまい棒が詰まっている。

しかも例外なく全部、チョコ味！　他の味も買えよおい。

——じゃなくて！

「お、おまえな……なんだよ、この数百本のうまい棒は」

「他のもあるわ」

足下にはまだバッグがあり、ユイは今度はそれを持ち上げた。

中身を開けると、見慣れたペットボトルが、これまた大量に見えた。

「レモンティーのミニボトル（350ml入り）の山？」

「……これもあげる」

レモンティーの蓋を開けて、渡してくれた。

さすがに気付いた。レモンティーのミニボトルと、うまい棒（チョコ味）……どちらも、前に孝明があげた物である。

「……ええと、確認の意味で訊きたいんだけど」

孝明はごく小さな声で尋ねる。

「もしかして、お礼のつもりかな？　ということは、俺があそこにいた事情を、きっちり理解してくれたってことか」

こくん、と童女のようにユイが頷く。

「あのコートの男からあらましは聞いたわ。でも、私はあいつを信じたわけじゃないから、もう一度、孝明の口から聞かせてほしい……」

……今、さりげなく名前で呼ばれたような。

「そ、そうか。光太郎さんが信じられないって、そりゃまた身も蓋もない言い方だけど、まあ無理ないわな。じゃあ、最初から説明してみる……ちょっと信じがたい話なんだけど」

孝明は、蛍という女の子に出会った所から、今日までの経緯を、全て包み隠さず話した。

なにもかも、全部。テレパスなんてのが出てきた時点で、安っぽいSF映画じみた話に聞こえるが、今回の件を説明するには真実を語るしかない。

当然、ユイは眉をひそめるかと思ったのだが、素直に最後まで聞いてくれた。

「――というわけなんだけど。……し、信じる、この話?」

明後日《あさって》の方に向けていた視線を、恐る恐るユイに戻す。

と、なんとこのユイが――このユイが優しい微笑を浮かべていて、孝明は人生で二番目くらいに驚いた。

「……私を助けるために飛び出してくれたの?」

吐息のような声音。

孝明の足下から、ある種の感動がじんわりと上がってきた。うわ、こいつにこんな話し方が出来たとは。いつもは日本刀も顔負けの、すぱっと切り裂くような言い方なのに。

「ま、まあ……そういうことだけど。ほら、俺って頭悪いから、なにも対策考えてなくてさ、ただ単に天井で見てるしか思いつかなかった。もっとうまく立ち回れば、もうちょっとなんとかなったかもしれないと思うぜ」

照れくさいので、一気に述べる。

謙遜《けんそん》ではなく、完全に本当のことだと自分でも思う。

「いいえ……あなたは最善の行動をしてくれたと思う。事前に聞かされても、多分私は信じなかったわ」

「そうかぁ。でも、今は信じてくれるわけな。だとしたら、俺が怪我したことにも意味はあったなぁ」

「信じます……本当に本当にありがとう。私を助けようとしてくれて、本当にありがとう」

しんみりした声で頭を下げられてしまった。

恐ろしいまでにストレートな「お礼セリフ」にとまどい、孝明も頭を下げまくった。

「いえ、どういたしまして。……ていうか、いきなり殊勝になるなよな～」

あはは、と軽く笑う。

ユイは笑わず、ただ座っていた椅子をベッドに引き寄せた。当然、より二人の距離が縮まるわけで、孝明の心臓は二倍速で動き始める。

「なに……かな？」

声が少し引きつった。

「……なにかほしい物はない？　お金とか？」

「いや、金がいらないヤツはいないんじゃないか、そりゃ」

間近で見るユイの顔に見とれ、どぎまぎと答える。

返事を聞いたユイは、むちゃくちゃ嬉しそうな表情をした。

今度は、いそいそと黒ジャケットの内側に手を入れ、ささっと何かを寄越す。……嬉しそうに。

「……これもあげる」

孝明も知っている、某都市銀行のキャッシュカードだった。

「これっておまえ……」

「お金、そこへ移したの。暗証番号は４４４４」

「……な、なかなかハイセンスな番号だな。つか、ＡＴＭに入れる度に『暗証番号変えろっ』て注意書きが出るような。……つーか、おまえなぁ」

文句をつけようとして孝明はふと気になり、尋ねてみる。

「ちなみに、幾ら入ってんの？」

「とりあえず五億」

「……ごっ」

言葉にならない。

金額のデカさにも驚くが、そんな大金をあっさり渡すか、普通っ。

「あと、スイス銀行に少し残ってるから、時間さえもらえたら——」

「待て待てっ」

孝明はどっと唾を飛ばす。

頭に血が上ったせいか、傷口が痛む。

「こういう『感謝』はいらないっ。気持ちは嬉しいが、『形で返す』とか考えるなよ、おまえっ」

カードを突っ返す時、少し手が震えた。

後ろ髪引かれまくりである。

なにせ、孝明の小遣いは月に三千五百円なのだ。五億というのは、一体、小遣い何ヶ月分なの

かと。でも、さすがにこれは受け取れない。気が変わらぬうちに返す。

ユイは目に見えて落ち込んだ。すっかり肩を落とし、シーツを見つめている。

「ごめんなさい……別にお礼を形にするとか、そういうことを考えたわけじゃないの」

「……珍しく、長いセリフをしゃべったな」

息を吐き、孝明は苦笑する。

「じゃあ、どんなつもりだったんだよ」

顔を上げたユイは、ほのかに悩ましい表情をしていた。

「なんとかしてあなたに喜んでもらいたかった……理由はそれだけ。一生懸命考えたけど、他になにも思いつかなかったの」

「すると、レモンティーもうまい棒もそのつもりで？」

また、こくんとユイが頷く。

「……二つとも、とても美味しかったから。もらった時、嬉しかった」

「あ、あれがそんな気に入ってたのか。普段、なに食ってんだかなぁ」

などと憎まれ口を叩きつつも、孝明は思う。

か、可愛いじゃないか……こいつ、キャラが変わってないか、おい。

元々が群を抜く美貌なので、いつもの険が取れるとシャレにならない威力があった。こんな、訴えかけるような目でユイに見られたら、命の一つや二つ、毎週でも投げだしそうだ。

「いや、あのさ」

声が掠れた。

咳払いなどする。

「そういう水臭いこと言うなよ。ダチってのはそういうモンじゃないって、前に言っただろ。俺はまあ、ダチより彼氏候補になりたいわけだけど」

「……彼氏って、なに？」

真面目な顔で訊かれた。

孝明は説明した。

こんなことを説明せにゃならんのが馬鹿馬鹿しかったが、ユイに限っては本当に知らないのだろう。というわけで、自分も経験がないものの、男女の交際について簡潔に教えてやる。説明が成功したかどうかはわからないが、とにかくユイは頷いた。

「つまり、恋人のことね」

「まあ、そういうものかな」

そもそも孝明自身も、彼女いない歴＝年齢なのだった。『彼女』ってなんだ、それって食えるのか？」と嘆きたいくらいのレベルだ。用語としては理解しているが、それはあまり知っているとは言わないのかもしれない。

「ということで、俺としては是非、これから少しずつレベルアップしてだな。ゆくゆくはステディーな関係に――」

ユイが割り込んだ。

「……恋人になりたい」

「…………は？」

口を開いたまま、凝固した。

セリフの内容が脳裏に染み込むのに、少し時間がかかった。向こうが訂正しないので、孝明はそっと自分の顔を指差す。

俺？　俺の恋人になりたいってこと？


ユイが微かに頷く。


今度はモロに全身が震えた……ヤバい、心臓が十倍速くらいに速度アップしたような。

口をぽかんと開いてユイを見つめたまま、凝固してしまう。

しばらく見つめ合っていたが、そのうちユイが顔を赤くして目を逸らした。

孝明も、どばっと頭のテッペンに血が上った。今にも倒れそうである。

こ、好感度14くらいだったのに、なぜかいきなりゲージが振り切れているような……そんなことが有り得るのか。

これは夢か、夢だなっ!?

孝明が、本気で自分の頬をつねろうとしたその時——

『おまえら、呑気《のんき》なモンだなおいっ』

　突然、ノックもなしに光太郎が入ってきた。

「うわっ。こ、光太郎さんっ」

「そうだよ、俺だよ。人が今まで事後処理に駆けずり回っていたのに、おまえらは病室で青春してるじゃないか」

「そんな嫌みを言わなくても……でも、ご苦労様です」

　孝明は殊勝に頭を下げる。

　光太郎は、鼻で笑った。

「ほぉー。タメロはやめたのか」

「あの時はまあ……怪我したてで、動揺してましたから。俺だって礼儀くらいは知ってますよ」

「そりゃ有り難い。おまえの存在がバレないように、わざわざ梯子をどけに行ったりとか、色々苦労したんだぞ、俺は」

「……梯子？」

　一瞬、何のことかわからなかった。

「天井に上がった時、おまえ、フロアに梯子を残したままだったろ？　あれじゃ最初の連中はともかく、アイスドール達が来たら不審に思うかもしれないじゃないか。俺が密かにどけに行ったんだっ。苦労したんだぞ、ヤツらに気付かれないように立ち回るのはっ」

「あ、ああ～……あの梯子」

そう言えば、後で天井からフロアを覗いた時、梯子は既になかったような。

言われて、いま気付いたけど。ユイにはどのみちバレていたが、神父もどきが怪しむ可能性はあったかもしれない。

で、彼の指摘する『最初の連中』というのは、おそらくユイに倒されたコマンド連中だろう。

となると、孝明がトイレで真っ先に聞いた足音は、ユイ達じゃなくて彼らだったわけだ。

孝明と目的は逆だが、ユイに先んじてあのデパートに潜んでいたのは同じだ。

「じゃあ、光太郎さんは最初から『待ち伏せ』の存在を知ってたわけだ。なんでです？　やっぱり綾瀬さんの力？」

「そういうことだ。蛍の意見を尊重して静観してたが、正直、肝を冷やしたぞ」

非難するように孝明を見る。

「す、すいません……」

素直にあやまると、やっと少しは機嫌を直してくれた。

「……まあいい」

皮肉な笑みが消え、口調も普通に戻る。

「大馬鹿な無茶をやらかしたとはいえ、おまえがアイスドールのために尽力しようとした気持ちはわかる。そこは認めてやるが――」

ベッドに座ったままの孝明、それに瞬く間に無表情に戻ったユイを交互に見やる。

壁にもたれて腕を組んだ。

「おまえの方の事情は、蛍からもう聞いている。なぜあの場所がわかったのかも。小言は言いたくないが、おまえ、蛍が事前に『覗いて』みなかったら、今頃は死んでたと思うぞ」

「……あぁ～。そういえば綾瀬さんの声が聞こえたんですよ。そうだ、彼女が止めてくれなかったら、俺、撃ち合いの前に飛び出してたなあ。ホントだ……ヤバかった……」

今更だが、ぞっとする孝明である。

そう、あそこで飛び出していたら、確実に殺されていた気がする。あの時点では、ユイに説明しても納得してもらえなかっただろう。無論、あの神父もどきは言うに及ばず。

今頃になって血の気が引いてきた。

と、ユイがそっと手を握ってくれて、今度は別の意味で顔色が変わりかけた。

こいつ鬼をも取り拉《ひし》ぐほど――いや、ターミネーターが裸足《はだし》で逃げ出すほど強いくせに、この手の柔らかさは何事かと。おまけに、凶悪なほど手触りいいし。

光太郎はまた皮肉な目つきに戻り、

「青春の途中で悪いが、とりあえずは状況を説明しておく。まあ、もうほとんど終わってるが」

先に孝明が訊いた。

「ユイの『仕事』を邪魔したのが、光太郎さん達だというのはわかります。でも、後から襲ってきた待ち伏せの連中は、光太郎さんと関係ないですよね？　あいつらって、ユイの組織の裏切り者だったわけですか」

「確かに暗殺を阻止したのは俺達だが、あのコマンド連中は裏切り者なんかじゃないぞ」

　光太郎は、いきなりカードを晒《さら》した。

「そもそも裏切り者なんか、最初からどこにもいない」

　しんと座っていたユイが、初めて光太郎を注視した。しかしなにも言わない。ただ狼が獲物を窺うように、じっと彼を見つめている。

　しょうがないので、また孝明が訊いた。

「じゃあ、伏兵みたく待ち伏せしてたコマンドの正体は？」

「あいつらも、テロ組織ニューエイジの暗殺部隊だよ。つまり、アイスドールやプリーストの側だ」

「ええっ。だって……でもほら」

　うろたえ、ユイと光太郎を交互に見る孝明である。二人とも、嫌みなほど落ち着いていた。

「だから、彼らは別に裏切り者じゃない。元々、命令を受けてアイスドール――雪緒を殺しに来たんだ」

　そりゃまた……一体どういうことだろう。

　余計にわからなくなったが、ユイは逆に頷いた。

　あっさり言い切る。

「わかった……後始末のためだろう。全ての責任を私に押しつけ、捜査の糸をそこで断ち切ろうとした……違うか？」

「正解だ。さすがにおまえは鋭いな」

光太郎があっさり頷く。

二人とも普通に理解していたが、孝明だけが納得いかなかった。

「ちょっと！　ユイはそのテロ組織ニューエイジとやらの幹部とは言わないまでも、隊長クラスなんだろ？　なんでそんなことっ」

光太郎は諭すように話す。

「隊長だから余計にだ。考えてもみろ……日本政府にだって先進国としての面子《メンツ》ってモンがあるだろ。仮にも議員の一人を暗殺されてだ、『ああ、死んじゃいましたねぇ』では済まないんだよ。いくら弱腰の日本でも、そうなりゃ全力で捜査に乗り出す。もちろん、インターポールにも依頼して、ニューエイジを締め上げるだろうな。こちらから捜査官も派遣して、とことん調べる。とにかく犯人を突き止めなきゃ、世界中の笑い物になっちまうからな……馬鹿げた話だが」

右手の掌を上に向ける光太郎。

ユイが代わりに続けた。

「その反面、国際テロ組織たるニューエイジとしては、そうなるのはおもしろくない。日本政府が怖いという意味ではなく、余計なリスクは出来るだけ減らすのが基本だから。故に……作戦の成功と引き替えに、犯人は差し出すことに決めた。作戦の途中で、敵に撃たれたことにして」

呟くように付け足す。

「思えば、妙なことは幾つもあった。いつもはそんなことしないのに、あえて『偽装のために学校へ通え』なんて命令が来たし……他にも普通のアパートに拠点を設けたりとか色々。今から考えると、あれは全部、私を主犯とする筋書きが出来ていたからだと思う」

投げやりに首肯《しゅこう》する光太郎。

「それも当たり。つまり、目的のためなら味方も犠牲にしようってことだな。暗殺さえ成功すれば、後は敵――この場合は日本政府のことだが――に花を持たせてやろうと。ただし、警察が受け取る戦果は死体だけになるけどよ。これなら、情報が洩れる心配はない」

唇を歪め、種明かしをする。

「かくして、我が国としては犯人を射殺したことにして（最低限の）面子を保ち、ニューエイジ側は暗殺が成功して言うことなし。形としては痛み分けで、めでたしめでたしだ。……仮に暗殺が成功したとしても、第四次テロ対策法案は近い将来に可決してたと思うがね。推進派は、なにも彼だけじゃない」

……最後のセリフはおそらく、例の狙われた議員のことなのだろう。

国際テロ組織……通称「ニューエイジ」の日本上陸を阻止するため、そういう法案が審議中だと聞いたことがある。

孝明はユイがいっとう大事なので、今の今まで、議員のことなど考えていなかった。だが当然、彼にも狙われる理由があったのだ。

「暗殺が失敗しても、それでもユイを殺さなきゃいけないのか？」

「成否に関係なく、後始末は必要とマザーが判断したか——もしくは、プリーストが独断専行したのかもしれない。私は彼と諍《いさか》いを起こしていたし、恨まれていても驚かないわ」

「それは完全な正解じゃないが、『独断専行』についちゃ当たっているな」

光太郎は微妙な言い方をした。

蛍経由で、なにか神父もどきのあいつの情報を聞いているのかもしれない。

ユイは特に返事もせず、淡々と話を終えてしまう。

「——とにかく。これで私が、オズワルドの役目を押しつけられていたのだとわかった」

「オズワルド？」

首を傾げた孝明に、光太郎が教えてくれた。

「リー・ハーベイ・オズワルド。ケネディー暗殺の犯人として捕まった男だ。しかし、ちゃんとした取り調べが始まる前に、彼もまた殺された。……オズワルドにあの暗殺が不可能だったのは、状況証拠から明らかだったのにな。調べていたら、真実がわかったかもしれないんだが。

暗殺の真犯人が別にいるってのは根強く囁かれる噂だが、重要参考人のほとんどは『偶然にも』あの世行きになってる。ケネディー事件は二度と再調査されることはないだろう。そうだな……規模や関わった組織は違うが、ケースとしては似ている。死人に口無しってヤツな。加害者も被害者も一緒くたに殺し、黒幕だけがほくそ笑む。そういう図式だよ」

二人とも実に冷静な言いようだが、孝明としては納得出来るものではない。自分だって危ない

橋を渡っただけに、なおさらだ。

「ふざけてんな、ニューエイジって！　議員を殺すついでに、自分達の仲間も暗殺かよっ」

「ニューエイジとしては、万全を期したつもりだったろうな。適当な理由をつけて身近にプリーストもつけたし、駄目押しにコマンドも伏せていた。まさか彼女が――」

ちょっとユイの方を見て、苦笑する。

「アイスドールが、それを全部片付けちまうとは思わなかっただろうよ。実は俺も驚いている。いざという時のために待機してたのに、まるっきり用なしだった」

ユイについては……確かにそうかも。

そこは、孝明としても驚きである。

ユイが強いというのは知っていたが、まさかこれほどとは。

一騎当千としか言いようがない。まさに、現実世界の超人だ。リアル・スーパーガールだ。

「孝明のおかげ……孝明が私を助けてくれた」

いつになく、ユイが自己主張した。

訥々《とつとつ》とした語り口調で、感情をこめて。

「私はもう、限界に来てたから。いつ死んでもおかしくなかったわ……」

呼気がかかるほど近くで熱心に主張され、孝明は照れに照れる。

この自分が、女の子に感謝される時が来るとは……世の中、なにがあるかわからない。

そばで見ていた光太郎が顔をしかめた。

「馬鹿らしー。俺はもう帰る。報告書を書いて寝るわ。……やってられるか」

「ちょっと！　帰るって……ユイはどうすんですかっ」

「どうするって……なんだよ、捕まえてほしいのか？」

「いや、そんなことないですけど。でも、あれだけやっちゃって、大丈夫なのかなーと」

「本来は、全然大丈夫じゃないだろうさ。けど、俺が関わっているからな」

肩をすくめ、とぼけた表情を見せる光太郎。

「先にうちの課が調べて、あの殺戮《さつりく》現場は全て仲間内での乱闘ってことでケリをつけた。警察はアイスドールのことについては何も知らないし、こっちが教えない以上、今後も知ることはないだろう……これ以上、彼女が騒ぎを起こさなきゃな」

じろっとユイを見る。ユイは全く平然としたもので、ただ小さく頷いただけだ。それが、彼女なりの感謝の気持ちなのだろう。

「……光太郎さんって、見た目より偉い人なんだなあ。どんな組織に属しているのか、興味湧いてきた。光太郎さんの上司って、一体誰なんです？」

見た目よりたぁなんだ！　と光太郎はむくれる。ぶすっと返す。

「直属の上司はいない。――いるとしたらまあ、首相だな」

マジかっ、と孝明は思う。

上司が首相って、そりゃまたどんな組織かと。

ちらっとユイを見る。その意図を誤解したのか、あっさりと教えてくれた。

「おそらくは、内閣調査室特殊任務課——そこが彼の所属だと思う。そんな組織が日本政府の中にあると聞いたわ。警察捜査の枠を超える大規模なテロ事件や、国難の時にのみ動く組織だと。警察とは関係なく、首相の意志と命令によってのみ機能し、その権限は比類なく大きいそうよ。対外的には存在しない組織だけど、裏の世界でその実在を疑う者はいない」

「——！　いきなりバラすなよ、おまえ」

光太郎は眉間に皺を寄せた。

「ふえー……そんなのが。じゃあ、綾瀬さんもそこの一人？」

「馬鹿、蛍は関係ない」

慌てて首を振る。

「あの子とは、前に別の事件で知り合ったんだ。蛍は単なる民間人！　本当は、俺の仕事からも遠ざけたいんだが……なぜかこうなっちまってな」

「ふぅん。まあ……綾瀬さんに隠し事するのは、難しいだろうなぁ」

そういうことだ、とばかりにしみじみと頷き、そこで光太郎は我に返った。

難しい顔で孝明に指を突き付ける。

「おい。いっとくが俺は、今の話を認めたわけじゃないぜ。言ったろ？　秘密組織は秘密が基本なんだって。内閣調査室なんたら〜なんて組織は実在しないんだ。電話帳に載ってないし、誰も知らない。そこらで話して回るなよ？　おまえが恥かくだけだからな」

「わかってますって。誰にも言いませんよ。秘密は守ります。……ただ、記念に名刺とかくれま

せんかねぇ?」

　本気で頼んだのに、光太郎に軽く頭をはたかれた。

「名刺も看板もないっ。死して屍《しかばね》、拾う者無しってな」

　実に古いことをのたまい、立ち上がる。

「おまえも、明日には帰れるそうだ。とっとと家に帰って、今日のことは忘れろ」

「ちょっちょっ！　ユイは……ユイは大丈夫なのかっ。またニューエイジに狙われるんじゃ?」

　既に病室のドアを開けていた光太郎は、背中越しに手を振る。

「後はアイスドールに訊いてくれ。……おまえには、今度また電話するよ。じゃあな！」

　バタン、と本当に出て行ってしまう。

　慌ててユイに向き直る。

　すると、パンツスーツの上衣の隙間に、ちらっとホルスターが見え、孝明はびびった。

「光太郎さん、武器を取り上げなかったんだ?」

「なにも言われなかったから。……言われても、渡すつもりはなかったけれど」

　はにかんだように笑う。

　セリフの内容がこんなんじゃなければ、万人が魅せられたかもしれない。というか、既に孝明は魂を奪われそうになっていた。

「ま、まあ……言い忘れたのかな。仮にも捜査官なのに、変だけど」

　ちょっと悩んだが、悩んだ所で理由などわかるはずもない。

肝心なことを訊く。

「それで、ユイはこれからどうなるって？」

いつものように、ひっそりと教えてくれた。

「一種の政治的な取引をしてくれたらしいの」

「……というと？」

「これ以上、今回の事件について追及しない代わりに、ニューエイジ側も派遣したメンバーのことはあきらめろと。暗に、全員を射殺したことにしたみたい」

「そりゃ、ほとんどホントのことだけど。ホントのことだけど。でも、ユイも死んだことになってるわけ？」

こっくりと頷くユイ……簡単に。

「その方が私も嬉しい。これで、ずっと孝明と一緒にいられるわ」

「そうかぁ……そりゃ良かった——て」

はい？　今、なにか凄いことを聞いたような。

孝明はちょっと驚き、ユイを見返す。

元アイスドールは、凄く恥ずかしそうに微笑んでいた。


——マジかっ！

第七章　普通の女子高生になりたいです

――小鳥の囀《さえず》る声で目が覚めた。

はっと飛び起き、ぱぱっと周りを見渡す。

壁には、映画「レオン」のジャン・レノのむさ苦しい顔ポスター……そして、机の上には学校の鞄が投げ出されたまま。無論、服などはベッドの下に脱ぎ散らかしたままだ。

周囲はまさに見慣れた自分の部屋で、孝明はほっと吐息をつく。

壁の時計は、いつもの起床時刻より十五分ほど早い時刻を示している。

大丈夫……もはや、廃デパートの一件は終了した。病院もすぐに退院出来たし、ユイも死なずに済んだ。おまけにニューエイジとも縁が切れて、もはやなにも心配はない。

……ないはずだ。

自分に言い聞かせるように頷き、孝明はそっと二の腕に触れる。そこには真新しい包帯が巻かれたままだが、まあ制服に着替えればわかりはしない。

昨日死んだテロリスト達に比べりゃ、かすり傷の部類である。

母親が出張から帰るのはまだ先だし、その頃には包帯も取れるだろう。

「よし！　今日はガッコへ行くぜっ」

わざとらしく気合いの声を上げ、孝明はベッドを出た。

自分で用意した朝食をもそもそ食べ、早いけどさあ出ようか——という時になって電話が鳴った。孝明が受話器を取ると、聞き覚えのある気怠い声がした。

『よぉ。怪我の方はどうだ？』

「……光太郎さん？」

『そう、神村光太郎だよ。しかし、普通は名字の方で呼ばないかぁ？　なんで赤の他人であるおまえが、そんな風に呼ぶんだ』

「あ、すいません。綾瀬さんが『光太郎さん』って呼んでいるのを聞いたんで、つい。まずかったら変えますけど」

なにやら咳払いが聞こえ、光太郎の唸るような返事。

『……まあいい。呼ばれ方なんざにこだわる方じゃないしな。それより、もう大丈夫か？　ちゃんともらった薬を飲んでるだろうな』

「あぁー、はい……そりゃもう。でも、もう治りかけですよ、治りかけ」

適当に答えつつ、「こりゃ、本題は別の何かだな」と孝明は思った。でなければ、朝からわざわざ電話してくるはずはない。

案の定、光太郎の声音が変わった。

ふざけた調子がなくなり、低い声になる。

『……そりゃよかった。ところで、俺があいつを武装解除——つまり、武器を取り上げなかったの、気付いているよな？』

「ええ。ユイがホルスター吊ってるの、見ましたしね」

自然と孝明も囁き声になる。

「まさか……なんか悪いニュースですか」

『いや、そういうのじゃないが』

しばらく沈黙した後、囁く。

『蛍がな、あのねーちゃんのことを、まだ心配してんだ。ひどく気にしててな。それでちょっと俺も様子を見ようかと』

「気にしてるって——また違うビジョンでも見たとか」

『う～ん……あれから何も見てないそうだが。たまにあるんだよ、蛍の場合。特にビジョンを見なくても、なんとなーく……こう、気にするというか』

光太郎がそこはかとなく気を遣っているのが、はっきりとわかった。

おそらくこの『なんとなく気にする』というのは、『嫌な予感』と置き換えた方がしっくりするのだろう。あえてそう言わないだけで。

すっかり目が覚めてしまった孝明である。

「なんかヒントくらいはないんですか?」

『悪いが……今回、そういうのはない。あくまでも蛍がちょっと気にしてるという、それだけのことでな』

孝明は沈黙する。

こっちまで、なにか嫌な予感がしてきた。

光太郎が慰めるように声を張り上げた。

『まあ、一応警告しただけで、そう暗くなることはないさ。本当にヤバいことなら、前回のようにまたビジョンが来るかもだしな。その場合は、すぐに手を打てばいい。それに、蛍の気のせいってこともある』

そうですね、と気のない返事だけはしておく。

しかし、孝明にすらわかった。

この人は蛍に絶大な信頼を寄せている。

それだけに、『蛍の気のせいってこともある』という最後のセリフについては、彼自身の願望でしかないのだ。……この俺と同じく。

だからこそ、あえてユイの武器を取り上げなかったのだろう。

カチリ、と回線の切れる音を確認し、孝明はそっと受話器を置く。

途端に、何かを思い出しそうになった。

その思い出しそうな何かは、ひどく重大なことだ……なぜか孝明はそう確信した。思い出さないと、確実に後悔する類の情報……そんな気がしてならなかった。

電話台の横で、孝明は眉間に縦皺を寄せた。

どうした、俺は何が気になってる？　この前の狙撃事件の光景……アレか？　アレの何が気になってるんだ。

必死で場面を脳内再現するうち、孝明はついに思い出した。決定的な矛盾を。

気付いたのは全くの偶然であり、記憶の底に埋もれていた光景が鮮やかに蘇ったお陰だ。

孝明は呟く。

「そうだ……俺があの時に見たのは――」

☆

目覚めが早かったので、電話を終えてもまだ時間は余裕である。

考え込みながら門を出る……そのせいか、気付くのが遅れたようだ。

普通に歩き出そうとした所、孝明の視界の隅に女子生徒の姿が映り、ぎくっと足を止める。

――ユイが立っている。いつものようにびしっとブレザーの制服を着こなし、ぴんと背筋を伸

ばしている。例によって、大変美しい姿勢だった。

ただし、いつもと違う所もある。

たとえば、ほのかに微笑んでいる所とか、あるいはこちらに向ける視線が優しいところとか。

以前は、そこらの道路標識を見るがごとく醒めた（あるいは冷たい）目つきだったのに、今ははっきりと『好意』が感じられる。

美麗な黒髪にそっと片手をやるポーズなんて、前には絶対に見せなかったのだが。

驚いた孝明が、なんとなくユイと見つめ合っていると、彼女は小鳥のように首を傾げ、ちょっと息を吸い込んだ。

いきなり謎の言語を喋った。


『わぁ、孝明君だぁ！　迎えに来てくれたのね～。ユイたんうれしー（棒読み）』


……は？

不覚にも、孝明は後退っていた。あまりにも有り得ない言葉を聞いて、神経がついてこれなかったらしい。ナンデスカ、今のセリフは。というか、俺が誰を迎えに来たって？

孝明が馬鹿のように口を開けていると、ユイはちょっと考え込み、なぜかうっすらと赤くなった。小さい声で、「セリフを間違えたです」などと述べる。

孝明の顔を見て、もう一言、説明を付け加える。

「……この前と違って、私が迎えに来たのに」

そこまで教えられてやっと思い出す。

廃デパートの騒動が起きる前日、孝明自身がユイに提案したのだ。


『訊きたいことがあれば、自分から話しかけてみれって。ただし、先に普通に挨拶してからな。例えばだな──』


そのようなことを告げた気がする。

そういえば、ちゃんと具体例も挙げてやった……あれを覚えていたのか。

やっと孝明も笑うことが出来た。

ただし、笑顔がだいぶ引きつっていたかもしれない。

「あ、あー……あれな。うん、なるほどー。だけど、ほら。自分なりの挨拶でいいよ、うん。そんな無理しなくても。普通に『おはよう』だけでもいいし。なっ」

一生懸命、教えてやった。

ユイは、ほんのたまにだけ見せる童女のような素直な顔で、こっくりと頷いた。

改めてにこっと笑う。……あくまで控えめに。

「じゃあ……おはよう。おはよう、孝明」

魂が抜けそうなほど魅力があった。

実際、ちょっと抜けた。

加えて、なんとなく甘い痺れが背中の方を走った気がする。足下からじんわり来た。孝明は自分こそたどたどしい声で、「お、おはよう」と返した。ヤバい、こいつめちゃくちゃ可愛いぃ。

数日前までは、まさに狼そのものだったのに！

「よ、良い感じだよ、うん。ははは。今日はいい天気だなっ」

じっと見つめるユイの優しい瞳にとろけそうになり、かつどう反応していいかわからなかった。お陰で孝明は、無闇に視線を泳がせてしまう。たまたま、家の前の空き地にトラックが止まっているのを見つけ、雑談のつもりで「む。なんか工事でも始まるのか。うぜー」などとどうでもいいことを話す。

なぜか頭を下げられた。

「……ごめんなさい」

「――？　なんでユイが謝るんだ」

「あのトラックは、多分、私のせいだから」

ユイは答えた……こともなげに。

「ここに、家を建てることにしたの」

ココニ、イエヲタテルコトニシタノ

……今、なんか凄いことを聞いたような。

「ココニ、イエヲタテルコトニシタノ」というのは、ユイの母国語なのか……ラトビア語とかラテン語とか、そんな未知の言語か！　いや、待てっ。

なんか意味がわかりかけてきたような……ええと……ええと……。

セリフがちゃんとした文体として脳内に染み込むのに、実に時間がかかった。

やっと理解し、孝明は真円に目を見開く。

「間違っていたらアレだけど。今のは——う、うちの前にユイが家を建てる……という意味かな？」

こくんと頷く。

太陽が東から昇るがごとく、ごく当たり前の様子で。

「……そうすれば、いつも一緒に通学できるから」

孝明は、しばらく口もきけなかった。

『いつも一緒に通学できるから』の部分が、脳内でリフレインしまくりである。天界から聞こえる妙《たえ》なる調べにも似て、大変甘美な響きだった。

そのうち、得体のしれない衝動にかられ、ユイに手を伸ばす。

気がついたらユイを抱きしめていた。

そんな大それたシチュエーションは、漫画や小説にのみ出てくる都市伝説のようなものであり、自分が同じことをする機会は生涯ないんじゃないか——そんな風に思っていたのに、実に簡単に

手が伸びた。反射行動というのは恐ろしい。

前のユイだと、拳圧三百キロクラスの拳骨が飛んでくるか、あるいはいきなり撃たれてゲームオーバーだったはず。しかし、今はため息のような声をちょっと漏らしただけで、素直に抱かれるままである。

どころか、そのうち自分も両手で孝明を抱きしめ返したりしてくれた。

全然拒否されなかったので、孝明もあえて動かない。

……うわぁ。もはや今更だけど、あんなに強いくせに、なんでこいつのウエストはこんなに細いんだ。でもって身体がしなやかで柔らかいんだ。

そもそも、制服のブレザーをボタンまで留めてちゃんと着ているくせに、胸の膨らみがはっきり感じられるのは何事かと。

これがいわゆる「けしからん胸（乳）」というヤツだろうか、などと阿呆としか言いようのない思いが脳内を駆け巡っている。

そのうち、頭が真っ白になってなにも考えられなくなった。というわけで、この抱擁は五分後に近所のおばさんが通りがかるまで、ず〜っと続いたのである。


登校中も、ユイの変化は顕著に見られた。孝明の背後か、さもなくば隣にひっそりと寄り添い、目が合えば柔らかく微笑んでくれたりする。

というか、いつユイを見ても目が合うというのは、彼女がずっと孝明を見ているという証拠でもある。前と全く同じなのは、無口な所だけだ。

ここだけはほんっとうに変わらず、自分から話しかけてくることは皆無である。

孝明とて別に女友達が豊富にいた経験があるわけじゃなし、それなりに緊張して色々と話しかけるのだが、ユイは最後まで聞き手に徹していた。

実はこいつ、世間話とか四方山話などには、全く無縁だったのではないか？　さすがの孝明もそう思い始めたくらいだ。

でも、もしかして俺の話がつまらんのかも。だいたい男女が仲良く登校中に、「コミックとガンダムの話」というのは、会話ネタのチョイス（話しているのは孝明だけだが）としては最悪かもしれない。

気になってきたので、訊いてみた。

「退屈かな、こんな話？」

ユイはゆっくりと首を振る。

例の、こっちの魂が抜けそうな笑顔を見せてくれた。

「もっと教えてくれると嬉しい。……タイトル覚えておいて、後で買うつもりだから」

今度は孝明の方が赤くなる番だった。

……なんていいヤツなんだ、こいつってば。

学校に着く。

みんなの「おー、風邪は治ったのか？（そういうことにしたのだ）」という挨拶が済み、HRがつつがなく終わり、授業に入る――。

その頃にはもう、ユイの変化がクラス中に知れ渡っていた。

……ユイが他のクラスメイトに対して、態度を変えたわけではない。相変わらず、目を見張るほど愛想がない。これはそのまんま。

しかし、彼女の視線が孝明に固定されたまま長い時間が過ぎれば、誰でも「これはちょっと妙だ」と思うわけで……孝明自身が一番困惑していた。

自慢じゃないが、自分はごく平均的なご面相であり、とても婦女子の鑑賞に堪えるようなイケメン（死語）とは言い難い。

なのに、いつ右を向いてもかならずユイの優しい視線に出会うという……。

それがもうなんというか、尋常ならぬ好意の籠もった瞳で、数日前にチラチラと自分の方がユイの様子を窺っていたのが、嘘のようである。ちなみに、前の席からは滝川が鬼のような顔でしばしば振り返ってきて、孝明の困惑はどんどん増している。

昼休みになり、ついに孝明はぎくしゃくと席を立つ。ほぼ同時に一緒に立ったユイに首を振り、「いや、トイレだから」と言い置き、とりあえず廊下へ出た。

すると本気でもよおしてきて、そのままトイレに直行した。本来は学食でメシが先だが、迷わず個室に籠もる。

洋式便器の蓋に座り、考える人のポーズで長考に及ぶ。

ユイは……もはやアイスドールじゃなくなったのだろうか？

孝明の疑問はそこに尽きる。

事実はわからないが、朝から見ている限り、昔のユイじゃないのは明白なような。

無論、それは喜ぶべきことなのだが……。

だがもしも――もしも、綾瀬さんの「嫌な予感」がまた当たっていたら？

その場合、この先も襲撃があるかもしれない。そうなったとして、今の「優しいユイ」でその危機を突破出来るのか。あの廃デパートで見せたような、圧倒的な強さを発揮出来るのだろうか……もしかして今のユイは、牙の抜けた狼のようなモノじゃ？

孝明としては、ユイを貶《おとし》めるつもりはさらさらない。

以上の悩みは、あくまでも彼女の身の安全を心配してのことだ。

しかし幾ら唸った所で名案など浮かぶはずもなく、結局孝明は便座から立った。入る前にあった尿意は、とうに消えている。

難しい顔のまま個室を出た途端、いきなり誰かに腕を掴まれた。

「――え？　うわっ」

気がついたら、見覚えのある二人組に壁に押しつけられている。

逃げ出したかったが、なんと視界の隅にちらっと、「清掃中」と書かれた赤いカラーコーンが見えた。それが、ご丁寧にトイレの入り口に置いてあるのだ……どこから持ってきたのやら。

いや、そんなことより……やけに準備万端じゃないか！

これは、だいぶまずい。

「ちゃ、茶髪の先輩とピアスの先輩……ははは、お久しぶり……ですね？」

名前を思い出せないので、孝明はとりあえず愛想よく呼んでみる。

しかし、二人の上級生は険悪な形相で睨んだだけだった。

「……おまえのお陰で、俺達はエラい恥晒しだ」

茶髪の怨嗟《えんさ》の声。

ピアスが深く頷く……睨んだまま。

「どいつもこいつも、人の背中を見て忍び笑いを漏らしやがるっ。前はビビって逃げてたヤツまでなっ」

「せ、背中を見て……て。そういうのは、普通、自分からは見えないんじゃ？」

『うるせえっ』

真っ当な意見なのに、二人同時に却下された。

五割増しに機嫌の悪くなったピアスが、当然のように告げる。

「全部、てめぇのせいだ。きっちりやり返さにゃ、示しがつかねーんだよ！」

「……言いたくないけど、なんか器の小さい話だなぁ」

『なんだとおっ（二人同時）』

「だってホントのことじゃないですか」

思わず本音が出た孝明である。

アイスドールやプリースト、それに光太郎のような（自称）秘密捜査官と出会った後だと、どうも彼らに対して深刻な恐怖が湧かない。所詮、拳で殴るのがせいぜいだし。

そんなのは、間近で聞こえるサブマシンガンとかマグナムの咆哮に比べれば――

「ぐっ」

……いや、やっぱり痛い。

問答無用で腹に膝蹴りを入れられ、孝明は他愛なくうずくまる。みぞおちの辺りにモロに入った……息が詰まる。ぬうう、世の中そう甘くはない。

怖くなかろうが怖かろうが、やっぱり痛いモノは痛いわけで。

「なにをブックサ吐かしてやがるっ。一発で終わりと思うなよ。さっさと――」

ぶつんと茶髪のセリフが途切れた。

孝明がうずくまったまま顔を上げると、いつの間にかユイが横に立っており、茶髪の右手を後ろ手にねじり上げていた。

ごつい身体の癖にユイの手を振り切れないのか、茶髪は顔中に脂汗をかいている。なにか目の奥に、拭いがたい恐怖心と畏怖が見える。「は、放せっ」とか喚《わめ》いて猛烈に暴れているのだが、

ユイがきっちり押さえたまま微動だにさせないのだ。

どうも、大人と子供ほどの筋力差があるらしい。あいつ、馬鹿力そうに見えるのにっ。

今回、（今の所は）難を逃れていたらしいピアスが、壁際まで下がってユイを睨み付けている。

茶髪をちらっと見やり、動揺の窺える声を出した。

「またおめーか。今度はこの前のようなわけにはいかないぜ。さ、笹岡を放しやがれっ。さもないと」

言いつつ、わざとらしくズボンのポケットに手を入れようとした。

次の瞬間、孝明の前を何かが風のようによぎった。

尾を引く長い髪がちらっと見え、それでやっと、「ユイが動いた」と遅れて理解した。

——バンッ
何かを叩き付ける音。

ユイが元の位置から消えていた。代わりに、それまで押さえられていた茶髪が、その場で潰《つぃ》えている。ユイ自身は、逆位置のピアスの側にいた。

ポケットに突っ込みかけていた彼の右手を、茶髪の時のように背中にねじり上げている。バンッという音は、ピアス男が壁に叩き付けられた音だったのだ。

彼の右手はなにも持っておらず、どうやらさっきのは単なる脅しだったか——あるいはユイに急襲される方が早かったと見える。

「い、いてえっ」

「……静かにしなさい」

むしろ穏やかにすら聞こえる、ユイの警告。

しかし、そこに籠もる殺気はまさに本物で、ピアスはぴたりと押し黙った。一気にだあっと汗をかく。トイレの中が静まりかえった。

気絶中の茶髪はもちろん、標本のように壁に押しつけられたピアス男も、何も言わない。というより、ユイに命じられて声を出す気が失せたらしい。

孝明も、座り込んだまま様子を窺っている。

……氷室に吹く風にも似た、ユイの冷えた綺麗な声。

「この前は警告しなかった。だから、今回はちゃんと告げよう」

一拍置き、ゆっくり告げた。

「警告する……二度とこの人に近付くな。もし、今度私が同じ場面に遭遇したら、その時は
――」

ごくっと喉の鳴る音。

孝明自身だったか、それともピアス男だったか。

ユイが先を続けた。囁くようにそっと。

「その時は、おまえを殺す……必ず殺してやる。……覚えておくがいい」

いつもながらユイの声は、静かで淡々としており、恫喝《どうかつ》の響きなどどこにもない。それにそのセリフは、普通の女子高生が口にするにはあまりにも現実離れしすぎている。

——それなのに。孝明はもちろん、おそらくはピアス男も、ユイの宣言を完全に信じた。威嚇《いかく》や冗談だとは、夢にも思わなかった。この少女がいつも静かなのは、そもそも声を荒らげる必要がないからだと、二人とも存分に理解した。

……本気かそうでないか、この子には常にその二種類しかない。

チンピラが好む脅しなど、ユイには無縁のものである。

もはやピアスは、不良どころか哀れな子羊も同然だった。抵抗する意志など露ほども見せず、蒼白《そうはく》な顔で口をパクパクさせている。背後から囁かれる時に何を感じたのか、怯えきっていた。

なんとか声を出そうと何度も唾を飲み下し、実に十数秒も経ってからやっとしゃべった。

「わ、わかった……い、いやっ。わ、わかりましたっ」

微かに頷くユイの横顔を見て、孝明は思い知る。

……ユイの内に棲む狼は、決して消えたわけじゃなかったのだ。

やっと目覚めた茶髪と、ピアス男の二人が這々《ほうほう》の体《てい》で引き上げるのを見送り、ユイは振り返った。ちょっと小首を傾げて孝明を見やり、遠慮がちに手を伸ばす。

瞳に温かい気遣いが窺える。

さっきとエラい差である。

「おなか……大丈夫？　まだ痛むの？」

「え？　あ、ああっ。なんでもない」

やっと、自分が未だにうずくまったままなのに気付き、孝明は何気なく差し出された手を取ろうとした……が。持ち上げた右手が、微かに震えている……内なる動揺と恐怖を示すように。それは意志の力で止められる類のモノではなく、孝明は焦った。こりゃまずい、ユイが気にするかもしれないっ。

ユイは——特に気付いた様子もなく手を取り、軽々と孝明を立たせてくれた。全く不審そうな素振りを見せなかった。

「あり……がとう」

礼を述べる自分の声が、少し歪んでいた。

もしかして、勘付かれただろうか？

震えていたことではない。

ユイはそういうことに敏感な少女なのだ。シラを切るだけ無駄であり、気付いたに決まっている。そうではなく……いま震えていたのが、ユイに対しての恐怖だということを……悟られてしまっただろうか。

購買部で二人してサンドイッチなど買い、屋上へ出た。

本当は危険防止のため、出ては行けないことになっているのだが、孝明はたまたま鉄扉の上部に巧妙に隠された鍵を見つけ、それ以後、たびたび来ている。

屋上へ出て鍵を掛けてしまえば、それでもう誰も入れないのだ。なんとなくこの場所を占領した気分になれて、大変気分が良い。無論、授業をさぼるのにも最適だろう……まだそこまでしたことはないが。

金網にもたれて座り、仲良くモソモソ食事を摂《と》る。授業中と違い、ユイは心配そうな目でちらちらと孝明を見ていた。気付かないふりをして食事を終える。

フルーツ牛乳を飲み干し……ふうっと息を吐いた。

「さっきは悪かった。……どうにも止まらなくてさ」

五秒ほど間を置き、張り詰めた声でユイが返す。

「……なにが？」

孝明は返事代わりに、人差し指でユイの白い頬をぷにっと押してやった。

相手がびっくりしたリスみたいに瞳を見開くのを見て、思わず笑う。

その笑いが収まるのを待って、一気に言った。

「とぼけるなって。……俺が怖がってたの、見逃すようなユイじゃないだろ」

ユイが俯く。

少し、唇を噛んでいるような。

無口とはいえ、内心の感情は結構わかるものだ……いや、そもそもユイが、孝明に対して心を開きかけているからだろうが。

他のヤツに内心を悟らせるような隙は見せまい。

ためらいもあったが、孝明はあえて告げた。

「……怖かったな、さっきのユイ。思わずびびった、うん」

ぱっと顔を上げるユイ。

何か言いたそうな……それでいて、どう言えばいいのか自分でもわからずにいるような——そんなひどく複雑な顔をしていた。

「俺は勘違いしてたんだと思う。天井から飛び出したことで、自分がユイに近い人間になれたような気がしたんだ。だけど——」

ユイが小さく息を飲む音が聞こえた。

セリフの続きを、切れ長の瞳を一杯に見開いて待ち構えている。常にクールだった頃のユイからは、考えられない表情である。

孝明は淡々と続けた。

「だけど、俺はやっぱりただのガキなんだと思い知った。なにかが変わったわけじゃ、全然ない。ユイとは覚悟が違うし、まだまだ全然遠い世界にいるんだなと……それを悟ったよ……」

ユイの落胆は見ていてもはっきりわかるほどだった。

華奢《きゃしゃ》な肩が落ちていたし、体育座りに座った長身が小さく丸まってしまっている。まるで、自分の殻に閉じ籠もるかのように。

長い髪がヴェールのように横顔を覆っていたので表情はわからないが、多分、哀しそうな顔をしているのだろう。前と違い、今はこいつの落胆と哀しみがよくわかってしまう。

孝明はゆっくりと立ち上がる。

ユイの前で膝立ちになって手を伸ばす。相手が顔を上げる前に、両手で抱きしめた。

「……あ」

小さく声を上げるユイ。

密着状態のまま、囁いた。

「だから、話は最後まで聞けって。まだ続きがあるんだ」

「……はい」

「いや、そこまで素直に返事してくれなくても」

わざと明るく笑い、孝明は少しだけ身を起こす。額と額がくっつきそうな近距離から綺麗な瞳を覗き込み、言った。

「でも、俺はあきらめないことにする。あきらめずに、少しでもユイを理解出来るように努力する。おまえから見りゃ俺なんかガキなんだろうが……そういうわけだから、これからもよろしく頼むよ、な？」

数秒ほどの静寂が二人を覆った後——

春の雪解けのように、ユイの表情が少しずつ綻《ほころ》ぶ。いつの間にか小さい女の子みたく、嬉しそうに微笑んでいた。

「……うん」

うわぁ……なんと綺麗な。

感動する孝明の目を直視したまま、ユイは続ける。

「私も……これからは普通の女子高生になれるように努力するから……」

「あ、ああ。……時に、おまえって本当は幾つ？」

意表を衝《つ》かれたのか、ユイの笑顔が強張った。

だいぶ経ってから、やっと教えてくれた。

「に、肉体的には十七歳……だけど」

なかなか突っ込みがいのある返事だが、本人が言いたくなさそうなので、それ以上は追及しないことにする。

「そうかそうか、じゃあ俺より一つ上だなあ。俺もついに年上の彼女をゲットかー」

わざと軽い口調で聞き流し、本題に入る。

「ところで、一つ――いや、二つほど頼みがあるんだけど」

「……なんでもしてあげる」

嬉しそうに即答する。

「そ、そうかっ」

その返事を聞き、孝明はなんとなく腰の辺りにずきっときた。

いや、深い意味はないが。

それと、ちょっと気になった。

「もしかしておまえ、俺が『クラスの全員を殺してくれ』とか頼んだら、二つ返事で引き受ける

気じゃないか?」

「孝明を除く、全員? 四十人くらいね。後始末に時間かかるけど、一ヶ月もらえれば大丈夫」

……二つ返事で引き受けられてしまった。

孝明は急いで両手を上げ、ばたばた振った。

「いやいや、殺さなくていい。つーか、頼むからやめてくれ!」

こいつ、やべー。どっとため息をつく。

……二人の距離は、まだまだ遠いらしい。

アイスドールが普通の女の子に変身するまで、どれほどの時間がかかるやら。

ユイがまた上目遣いの目つきをした。

「……私、なにかおかしなことをいった?」

「まぁね、そりゃね。でも、その辺はゆっくり教えてやるよ。それより、今は本命の頼みだ」

真剣な顔で頷くユイ。

「じゃあさ、まずちょっと抜き撃ちってのを見せてくれないか。ええと、引き金引かなくていいから、撃つ瞬間までを」

孝明の唐突な「お願い」を聞き、ユイはそっと首を傾げた。

無言で理由を尋ねているようである。

「決して好奇心優先のふざけた理由じゃないけど――悪い、理由は今はちょっと。……どうせ、

今も銃は所持中だろ？　頼むよ」

両手で拝むようにして頼む。

ユイは割とあっさりと頷き、身軽に立ち上がった。

孝明も横に立ち、腕組みして待つ。

「……抜くから、見てて」

「うん。ばっちり目を凝らして見てるから、手抜きなしで頼む」

ユイは特に緊張感を見せることもなく、求めに応じてくれた。

一瞬だけ、さっと手と肩が動く。


……なんか、残像しか見えなかったのだが？


はっと思ったときには、もう黒光りするコンバットマグナムが右手に出現し、前方に綺麗にポイントされている。

姿勢はごく自然体で、どこにも気負いはない……しかし、見ていてすごく安定している。なんとなく孝明は、「こいつに狙われたら、絶対に終わりだな」と思った——いや、確信した。

そこらのB級西部劇では、しょーもないポーズで銃をくるくる回したり、奇妙にカッコつけてバカスカ銃をぶっ放す場面がよくある。実際、孝明も昔は、そういうのを見るとわくわくした。

しかしユイは、抜く瞬間から撃つ直前の動作に至るまでが、ごくごく短い。それどころか、ほ

とんど目に見えない。動きも非常にコンパクトだ。モーションが徹底して小さく、限界まで余分な動きを削っているかのようだ。

一見すると地味なのだが、一切の無駄がない。

普通に抜いて普通に撃つ……ただそれだけなのに、おそらく誰も同じことは出来ないだろう。

――ユイほど速く、正確には。

こいつはプロだ、本物のプロだ。

当たり前のことを、今更ながらに納得してしまう孝明である。

「なるほどぉ。よくわかった、ありがとう。ユイと同じ技量を身に付けるのは、無理っぽいな」

孝明は言葉ほどがっかりした様子も見せず、微笑む。

こちらを窺うようなユイに対し、さりげなく持ちかけた。

「それで、二つ目の頼みだけど。実はこっちの方が重要でさ――」

理由を話さず、こちらの「望み」だけを告げてみる。

さすがにためらうだろうと思ったが……ちょっと小首を傾げただけで、ユイはあっさりと了承した。この辺り、やはり普通人の感覚とは違う。普通なら、絶対に拒否するはず。

「構わないけど……気まぐれかな。さしたる理由はないよ」

「まあ……気まぐれかな。さしたる理由はないよ」

考えた末、孝明はユイに理由を告げるのをやめた。

予感が働いたわけではないが、なぜか黙っていた方がいいような気がしたのだ。

第八章　最後に立っている者は

放課後、孝明は一人で通学路を歩いている。

もちろんユイも一緒に帰りたかっただろうが、あいにく担任のゴロちゃんに呼び出しを食らったのである。そりゃまあ、あれだけ休んだ上に早退までしてきたのだから、説教の一つや二つはあるだろう。本人は非常に残念がっていたが、まあこれからだって、二人で帰れる機会はいくらでもある……あるはずだ。

「……ふう」

近道である裏通りを歩きつつ、孝明はなんとなくため息をつく。

自分の判断が正しかったかどうか、実はあまり自信がない。あの「お願い」に対して、ユイはさしたる疑問も挟まずに了承してくれたが、むしろ断ってくれた方が良かったのかもしれないのだ。しかし、明らかにユイに危険が迫っているのを知っているだけに、手は打っておかねばならない。

孝明としては、そう思っている。

「……なにしろ、しょうもないことを思い出しちまったからなぁ」

思い出さなければ、今頃は悩むこともなかったはずなのだが、その代わりユイの身には危険が迫ることになっただろう。

いや、それは傲慢かもしれない。

自分が思い出そうと思い出すまいと、どのみちユイは危険なのだ。

——孝明の危惧には、もちろん理由がある。

光太郎の話では、蛍がユイについて嫌な予感がすると漏らしていたそうだが、その予感については孝明も心当たりがある……いや、あったのだ。

すなわち——

この前の廃ビルの一件では、蛍のビジョン（未来予知）を回避したことにはならないのかもしれない、ということだ。

なるほど、ビジョンで見た場所はあそこに間違いないし、ユイの服装も同じだ。

だがやはりあれは、ビジョンの光景と全く同じではない。今朝方、光太郎と電話で話して以来、孝明はそう思い始めている。

実は狙撃事件の日にも、微かな違和感はあったのだ。

ユイが狙撃した時点から、神父もどきが拳銃を発射する時まで——ちょうどあの時間、雲が出ていて陽光を覆い隠していた。

晴れていたのは間違いないが『あの瞬間』に限っていえば、陽は陰っていたことになる。

そこが……蛍から見せられた予知夢とは、条件が微妙に違う。あの喫茶店で見せられたビジョ

ンでは、明らかに窓から陽が差し込んでいた。ユイの死体を照らしていたのだ。小さな差違だが、逆に言うと決定的な違いでもある。

結論として、あれはビジョンとは関係ない出来事、ということになる。

考えるうちに、孝明は生唾を飲み込んだ。

再び、俺は選択を突き付けられたわけだ。さあどうする、神部孝明。今度こそユイに警告するか？　前と違い、ユイは俺の言葉を信じてくれるだろう。

しかし……ちょっと考えてしまう。

もしかしたら勘違いかもしれないが、微かな恐れを拭いきれない。

つまり――このことを教えると、ユイは孝明に迷惑をかけないよう、人知れず町を去ってしまうのではないだろうか？

それを考えると、どうも正直に告げるのが躊躇われる。幸い、おおよその時間と場所はわかっているし、今日はもう危険時刻は過ぎたから、とりあえずは光太郎に電話して警護を――

「っ！　ああ、駄目だ駄目だっ」

孝明は、両手で頭をくしゃくしゃとかき混ぜた。

コトはユイの命に関わる。

自儘《じまま》に等しい理由で、ユイに隠しておくことは出来ない。光太郎に協力を仰ぐだけでは不足で、やはりユイ本人にも知らせないと。あいつには、一人で解決するとか、早まった真似をしないように重々説得して。

「……それしかないか」

結論の呟きに、誰かが答えた。

『何か悩み事か、少年？』

へ？　と思い、辺りを見渡す。

……誰もいない。

ポリバケツが倒れたまま放置されている、潰れた酒店、犬も寄りつかない古びた電柱、五階建ての閉鎖されたビル……狭い裏道にぽつねんと立っているのは、孝明一人である。

誰もいない……全くいない。微かに遠くで風の音が鳴っているくらいだ。

しかし、また聞こえた。

耳元で囁かれるような声で。

『上だよ、少年。私はビルの上にいる』

あたふたと真横に建つ古ビルを見上げた。

──いた。屋上の縁に、誰かが立っている。

アメコミのヒーローのように、片手を腰に当てて颯爽と。

……ただし、この相手は女性だが。見かけは、せいぜい十五、六歳くらい。黒のキュロットスカートに、同じく漆黒のセーターを着ている。

「……俺を呼んだ?」

孝明は、恐る恐るお伺いを立ててみた。

距離的に見て、こんなすぐ近くで声が聞こえたはずないのだが――。

その考えを先読みしたように、少女がまた答えた。

「ああ、『声』のことなら、気にするな。私はそういう訓練を受けているのでな。これくらいの距離なら、隣にいるように話せる」

「……ええと、説明がほしいかも」

「少し待て」

「――! おいっ」

いきなり、身も蓋もなく少女が飛んだ。マジで、ビルの上からダイブしたのだ。幾らショボい廃業ビルとはいえ、ここは五階建てで――。

目の前にふわっと着地した少女を見て、孝明の思考は途切れる。

……ダメージなぞ、どこにもなさそうだった。ユイと違って髪は肩までのセミロングだが、どこかユイと似た雰囲気を持つ女性である。それに、黒髪黒瞳とはいえ、顔の造作からしてどう見ても日本人ではない。これまた、ユイと共通している。

「……あんた、誰?」

孝明は不躾《ぶしつけ》に訊いた。

ふっ、と乾いた笑みを見せる黒衣の少女。

「名乗りたい所だが、私には名前がないのだよ、少年。……ただ、部下からは『マザー』と呼ばれている」

マザーって……母って意味だろうが。

馬鹿吐かせ！

答えずとも、孝明の不審顔から察しがついたのだろう。マザーと名乗った少女は微かに笑った。

特にどうということはないごく普通の笑顔なのに、なぜかぞっとした。

「……ほぉ。私のユイは、おまえに詳しい説明をしなかったと見える。『マザー』というのは、コードネームなのだ、少年。『アイスドール』がユイのコードネームであるのと同じだな」

孝明はその説明を咀嚼《そしゃく》し、それからひっそりと立つ少女（くどいが十五、六歳くらいにしか見えない）を爪先から頭のテッペンまで観察する。

もはやこいつの素性は疑いようもない。わざとらしい演技を続けるのが、大変キツかった。

「嘘だね。ユイのボスにしちゃ、年が違いすぎる」

「心外だな。今の時代、老化現象を抑制する方法が皆無だとでも？　まあ、一般人ならそんな知識レベルでも無理はないのだろうが」

……エラい言われようである。

「本当は見かけより年上だと言いたいわけ？」

「事実そうなのだから、仕方ない。そもそもユイだって、肉体的には十七歳だが、実年齢は二十代なのだ。高度な身体能力を発揮するには、必要な措置なのだよ。強化するとはいえ、やはり元が若い方が効率がいい」

孝明は、顔色を変えないようにするのに、全神経を集中した。

少女は楽しそうに目を細め、唐突に華奢な手を伸ばす。

「せっかくだから、私がユイの関係者だと証明してあげよう。五百円硬貨を持っているかな?」

「……まあ持ってるかな、それくらいは」

相手の意図は全く不明だが、孝明はあえて従ってやった。

ことさらゆっくりとポケットから財布を取り出し、硬貨を探す。誰か通りかかってくれないだろうか、誰か。しかしその願いは叶わず、全く誰も通らない。マーフィーの法則ではないが、こういう時に限って人っ子一人通らないのだ。

時間を引き延ばすにも限度があり、仕方なく五百円玉を渡す。

「……見ているといい」

そう述べた次の瞬間、少女はいきなり硬貨を空に放り投げた。

なにしやがんだっ、と孝明が抗議するより早く、彼女の右手がふっと霞んだ。

プシュプシュプシュプシュッ!

気付けば彼女は、拳銃を天に向けて連続で撃っている。サイレンサー装備なのか、発射音はごく小さい。腰の後ろから銃を抜いて撃つ……そこまでの動きがまるっきり目に見えず、そして構

え自体もごく自然体である。

ただ自然に抜いて撃った、そうとしか言いようがないのだ。

ごくごく単純な動きなのに、恐ろしく動作が速く、狙いも正確である。

……ユイとそっくりだ。

そして孝明は、否応《いやおう》なく目にする。

なけなしの五百円玉が、空中で二度三度と弾丸に飛ばされ、最後には跡形もなく散り散りに砕けるのを。マザーと名乗った少女は一つ頷き、何事もなかったかのように銃を下ろした。

孝明を見やり、尋ねる。

「なにか感想は？」

「……俺の五百円を返せ」

驚いたように目を見張る少女。

「そうか、まだおまえは生きていたのだったな」

「なんだって？」

相手は聞いてなかった。

ユイそっくりにちょっと小首を傾げ、数秒ほど考える。

結論が出た。

「あいにく、今はユーロ紙幣しか持ち合わせがないな。……おまえは運がいい、少年」

「いや、逆だろうがよ」

「いいや、そうじゃない。おまえに借りが出来てしまった。ここで殺すつもりだったが、今回はやめておこう」

あまりにもさりげなく言われたので、セリフの意味を悟るまで時間がかかった。

「殺す前に少しだけ、ユイが関心を持ったおまえと話してみるつもりだったのだよ。ただ、他にも理由はあるがね」

何気ない動作でぐるっと辺りを見渡す。

「無駄話で時間を潰したのは、そのうちあの子の方から顔を見せると思ったからなのだが……しかし、来なかったな。これは気のせいだったか」

「な、なにが気のせいだって？」

「戦闘データからの推測だ、少年。あの廃ビルでの銃撃戦でユイが完全勝利を得たのは、伏兵の殺気、あるいは気配を全て読み切っていたお陰か？　そう思ったのだ。……そんなことが出来るとは聞いていないが、あの子なら可能だったとしても驚かないな」

事実、そういうことが出来るんだよ、あのリアル・スーパーガールは！

などと反論するほど、孝明は迂闊《うかつ》ではない。無論、ここは徹底的にとぼける覚悟だ。

しかし……鋭いじゃないか、こいつ！

「ユイは強いからな。気配なんか読めなくても、負けるもんか」

「そうかもしれぬ」

少女は素直に認めた。

「私の読みが甘かったのだろう……元々、計画自体が洩れていたしな。お陰で、思わぬ結果になってしまった」

言葉とは裏腹に、少女はわだかまりなく、微笑みかける。

「さようなら、幸運な少年。もはや会うこともあるまいが、二度と出会わないことを祈っておくといい。次は借りを作る前に撃つ」

好き放題を吐かすと、少女は背を向けた。

「ま、待てよっ。どこへ行く気だっ。まさかユイに」

急激な動きで少女が振り返り、孝明はうっと口を閉ざす。

今や、彼女は少しも笑っていなかった。

「……おまえに話してもわかるまいが、私には私のけじめというものがある。部下の自儘でこんなことになった以上はな」

「あ、あいつはそう簡単に殺られるようなヤツじゃないっ」

「知っているとも。ユイの強さは誰よりもよく知っているよ。しかし、残念ながら私には勝てない……いかにあの子でも」

「見逃してやれよ！　失敗したのは、なにもユイのせいじゃないぞ」

「おまえはわかっていないようだ。この際、組織は関係ない。ニューエイジがこの国の捜査機関と取引したのは知っている。私は私の勝手でユイを殺すのだよ。今や私は、組織から追われる身でね」

「ふざけんなっ。なら余計にユイのことは放っておけば——おい、ちょっとまてっ」

少女……マザーは待たなかった。

そのまま角を曲がり、姿を消してしまう。無謀にも孝明は、後を追って遅れて同じ角を曲がったが……数秒の差なのに、もう彼女の姿は見えない。完全に消えていた。

☆

孝明はまず光太郎に電話し、たった今の出来事を話した。

なんと、彼は既に「マザー」の来日を知っていたという。なら、さっさと教えてくれよと言いたい！　文句の一つも告げたかったが、孝明は全て後回しにした。

光太郎がまだ何か言いかけていたが、問答無用で携帯を切り、回れ右をした。学校までダッシュで戻る。今は、何よりユイの安全確認だ。

脳内ではあのイカれた女の子に撃たれるユイの姿がちらついており、ユイ本人の姿を前方に見つけた時、どっと力が抜けた。

正直、これほど安堵した経験はない。

「ユイっ」

孝明が大声で呼ぶ以前から、既にユイは小走りに駆け寄ってきていた。最初から接近に気付い

ていたとしか思えない、勘の良さである。

息も切らさずに眼前に至り、腰を屈めて息も絶え絶えな孝明を見下ろす。

逆に心配されてしまった。

「……どうかした？」

寄り添うように立ち、一生懸命に孝明の背中をさすり始める。んなことしてもすぐに呼吸が戻るわけはないが、ユイの優しさにじんと来たのは確かだ。

「したした、むちゃくちゃヤバいことがあったっ」

やっと話せるようになり、さっきの出来事を一気にぶちまける。

『マザー』と聞いたその瞬間、ユイは微かに眉をひそめた。

「……おかしいわ。私は一切の気配を感じなかったのに」

「距離があったからじゃねーの？　とにかく、あのヒネた女は本気でユイを殺すつもりだった！」

それを聞いても、ユイは全く動じない。

ただし、あいつが孝明を殺すつもりだったと聞いた途端、その冷静さは崩れた。

いきなり抱きついてきた。

「お、おい……」

正確には抱きついてきたというより、（ユイの方が身長が高いので）抱きしめてくれたのだが、とにかくいきなりなので焦った。

しかし、どうも微かに震えているようなので、孝明は自分もユイに腕を回す。この際、通行人に見られようが、どうでもよろしい。

「……孝明が無事でよかった……本当によかった」

ユイの、心底ほっとした声。

震えていたのはマザーを恐れたからではなく、こちらの身を心配してのことらしい。孝明は大いに感激したが……同時に、少し心配になった。

「なあおい。おまえ、どっかのアニメヒーローみたいに『迷惑がかからないように、私は町を出よう』なんて考えるなよな。そういうの、俺は絶対に認めないぜ」

返事はすぐにはなかった。

長い長い間を置き、ポツンとユイが答える。

「……でも」

「でもじゃない！」

一言で切り捨て、諄々《じゅんじゅん》と説く。

「――あのなあ。このところ、おまえが俺を必要としてくれだしたのは嬉しいことだけど、肝心なことを忘れてないか？」

少しだけ身を離し、間近で見る美人顔に問いかける。ユイは瞳を見開いて考え込んでいたが、結局、微かに首を振った。

「本気で忘れてるんだな……。いや、元々は俺の方がユイに接近してたんだぜ？　なんとかして

気を引こうと、涙ぐましい努力をしてただろうがっ。あの頃は単なる興味の面もあったが、今はマジでユイに惹かれているんだって。だからつまり」

——俺だってユイが必要なんだよっ！


勢いで爆発的な告白をやらかし、孝明は鼻息も荒くユイを揺さぶる。

一人になってから身もだえするほど恥ずかしくなるのだろうが、今は「矢でも鉄砲でも持ってこいやチクショウ！」という気分だった。場の勢いとは恐ろしい。

「とにかく、一人で始末を付けるとか、そういうことは考えるなっ。いいかっ！」

なんか驚き顔のユイに、唾を飛ばしまくる。

激情の故だが、そのうちユイの瞳に涙が盛り上がったのには驚いた。

「お、おい」

震える手が伸びてきて、孝明の頬に触れる。

なにか感触を確かめるようにそっと撫でる。

「……孝明の顔、色がついてる」

「は、はぁ？」

なにをいっとるのだ、こいつと思う。

しかし、いきなりユイにがばっと抱きしめられて、そんなどころではなくなった。

「――！　げぎょっ」

死ぬかと思った孝明である。

こいつ、この細身の身体に、一体どれほどのパワーを隠し持っているのかと！　剛力を秘めた繊手でギリギリと抱かれ、身体が半分に千切れるかと心配した。

脂汗を流していると、ようやくふっと力が抜ける。

抱き合い、頬と頬が触れあった状態で、すりすりされてしまった。

「……大好き」

「お、おれぼ（俺も）」

なんとか声だけは出せた。

☆

ユイは、家にまでついてきた。

彼女曰《いわ》く、「孝明を守らないと」ということらしい。

危ないのは俺ではなくおまえの方である、と切々と説いたのだが、この説得は全然効果なかった。自分の身が危ないからといって、部屋の隅で膝抱えて震えるようなユイではないのだった。

孝明が光太郎と連絡を取り、彼がちゃんとガードを付けると聞くまで、全く家の前から動こうとしなかったのである。

余談だが、結果的に孝明もユイも学校を休むこととなった。マザーと会ったのは木曜だったが、それから数日間、未だに「マザー」が見つからないということで、登校を控えた。テロ組織たるニューエイジ側は、マザーがほのめかしたように「その女は既に除名処分にしてある」と教科書的な回答を寄越すだけで、モノの役に立たなかった。

まあ……どのみちこの日本では、ニューエイジの影響力にも限りがある。彼らが本気で協力する気になっても、同じことかもしれない。それは「警察」にも言える。

あの少女は、警官などの手に負えるタマではない……一度会っただけなのに、孝明はそう確信していた。例えば、ユイが警察に捕まる場面がどうしても想像出来ないように、あの少女もまた、普通の警察では太刀打ち出来ないと思うのだ。

このように消去法で可能性を消していくと、頼みの綱は、もはや光太郎くらいだ。首相の懐刀《ふところがたな》的立場の彼なら、そして自前の捜査機関を持つ彼なら……あるいはあの恐ろしい少女を見つけ、抑えられるかもしれない。

なんとも他力本願な話だが、現実問題として、頼りになりそうなのは彼くらいなのだった。

……いや、正確にはもう一人いるのだが。

☆

「……ふう」

夜の洗顔を終え、寝間着姿のままで洗面所の鏡を眺める。

うんざりしたような顔の自分が、見返していた。

今日は火曜日……早くも五日経つ。

もしかして、このままマザーが見つからないと、この閉塞《へいそく》状態もず〜っと続くわけだろうか。

そりゃたまらんなぁ。

尻をかきながら、のたのた二階へ上がる。窓を開けて家の周囲を見渡すが、なにも見えない。

見えないが、周囲には光太郎の派遣したガードがついているはずである。

「俺より、危ないのはユイの方だっつーの」

ボヤきつつ、ふと閃いた。

……あのユイが、この俺のようにガードに見張られて、大人しく家で閉じこもっているだろうか？　いや、むしろ――。

もう一度、入念に家の周囲を見る。物干し台しか見えない庭先を、壁の向こうの路地を。

相変わらず何も見えないが、孝明はある種の予想の下、わざと決然とした声を上げた。

「……いるのはわかってるぞ、ユイ！」

後はじっと待つ。

反応なし……こりゃ勘違いだったか？

馬鹿らしい、寝るかと思ったその瞬間――家の壁伝いに、ひょっこりとユイが出てきた。

「うわ、ホントにいやがるし」

孝明は呆れて呟く。

小声だったのに本人に聞かれていた。

「……嘘だったの？」

「当たり前だろ。おまえじゃあるまいし、気配なんか読めるかい。……じゃなくて！」

窓の下に来たユイに、顔をしかめて見せる。

「おまえ、光太郎さんが寄越したガード付きで、マンションに待機してるはずじゃないのかよ!?」

「意味がないから」

「……は？」

「ガードより私の方が」

ポツンと返す。

例によって断片的なことしか言わないが、要するに「護衛より自分の方が強いから意味がない」と、こう言いたいらしい。

あえて述べなかった部分も再現すれば、それより孝明が心配だからそばにいる——と、多分こう主張したいのだろう。

自分も、なかなかユイの短いセリフがわかるようになった、と孝明は思う。

「……もしかしてユイ、この数日間、ずっとこの家を見張ってたわけか？」

こくんと素直に頷かれた。

……なにを考えてんだか。

「ちょっと待っててくれ！」


しきりに遠慮するユイを、引きずるようにして家に上げた。

聞くところによると、この数日、全く眠らずにここをガードしていたという。幾ら外にいたとはいえ、この狭い家の敷地の中、よくぞ見つからずに済んだものである。

「馬鹿だな、おまえ。危ないのは自分だっていうのに。だいたい、眠らずにいて倒れでもしたらどうするよ」

「私は、一週間くらい眠らなくても平気」

「そりゃ凄い……けど。せっかく綺麗な髪なのに、艶《つや》がなくなってるぞ」

キッチンに座らせたユイの髪を一房掬い、指摘する。これには抗弁出来ず、ユイは恥ずかしそうに俯いた。……実年齢二十代なのに。

かえって孝明の方が焦る。

「……あのさ、着替えとか持ってるか？」

ユイは、黙って足下の二つのボストンバッグのうち、片方を持ち上げた。

「そうか、よかった……じゃあ、風呂入れよ、風呂。また沸かしてやるから」

案の定、迷うような素振りを見せた。

どうせ、「自分が入浴している間に、孝明が撃たれるかも」とか考えているのだろう。

「いいから入れって、な。ユイの黒髪が綺麗だと、俺も嬉しいんだから」

「……入ります」

こちらの言い草を聞き、急に決断したのがおかしかった。

いざ入浴すると、ユイはなかなか出てこなかった。

多分、孝明が髪の艶がどうのこうのと指摘したのを気にして、入念に、五回くらい洗髪しているに違いない。あるいは足の裏まで洗っているか。家の狭い浴槽に、全裸のユイが入っているかと思うと、それだけで部屋の中を走り回りたい気分である。

ただし、「ちょっと覗いたれ」などとは夢にも思わず、孝明は自室のベッドに座って静かに待っている。下手な真似をして銃弾でも飛んできたらかなわない……まあ、案外ユイは気にしないかもだが。

とか迂闊なことを考えた途端、せっかく収まっていた動悸《どうき》がまた激しくなってきた。そこへもってきていきなりドアが開き、文字通り飛び上がりかけた。

「うわあっ——て、もう慣れてきたけどな。でもおまえ、せめてノックくらいは」

途中で話すのをやめ、孝明は口を開けたままユイを見やる。

なんとユイは、純白のバスローブを羽織って部屋に入ってきたのだ。洋画に登場する女優のよ

うに、似合いまくりである。

映画の女優と違うのは、手に武器の詰まったバッグを持っていることくらいか。

「……それ、うちの？」

やっと、一言だけ尋ねる。

「出たら、ハンガーにかけてあったから。……もしかして、用意してくれたわけじゃない？」

「いや、いいって！　着てたらいいさ。どうせうちの母親が景品でもらったヤツだし」

慌てて脱ごうとするのを、必死で押し止める。

というか、いま脱ぎかけた時、剝き出しの肩が見えたような……。

まさかこいつ、あれの下は全裸なのか！

めまいがした。

しかもユイは、当然のように孝明の隣に腰を下ろすのである。孝明は無意識のうちに少し距離を置こうとしたのだが、座ったユイがすすっと身体をくっつけてしまったので、結局は同じことだった。

これはもう、意識するなという方が無理である。

「……香りだけで鼻血でそう」

「なんの香り？」

アンタだ、アンタだよおおお——とは言わず、孝明はあえて首を振る。

しかし、同じようにうちの安物リンプー（リンス入りシャンプー）を使ったのに、なぜ母親の

湯上がりとは全然違う「かをり」になるのか。もしかしてこいつ、素肌から甘露とかフェロモンとか、そういうのを発散させているのではなかろうか。

とりとめなく考えている間に、今度は肩に頭を乗せられ、ショックでブバッと洟《はな》が出た。机にあるティッシュの箱に手を伸ばすには、身体を動かす必要があり、そうするとせっかくの幸運（？）が逃げてしまうかもしれない。

なので孝明は、急いで洟をすすり上げる。余計にみっともなかったかもしれない。いや、俺はなんの

「こうやってくっついているのは、なにかボディーガード上の理由からか？　不満もないけど」

最後を特に強調する。

意外にも、肩に頭を乗せたまま、ユイは微かに頷いた。

「……敵が来たときに、迅速に孝明を押し倒してかばえるから」

十秒ほど真面目に考えてしまった。

「それ、嘘だろう？」

「……うん」

「いや、『うん』じゃないって。ガラにもなく、ボケをカマすなよ」

孝明はユイの頭に、軽くこつんと拳骨をくれてやる。

珍しくもユイがくすっと笑い、孝明も釣られて笑ってしまう。そのうち二人ともコントロールが利かなくなり、身を寄せ合ったまま弾けるように笑い出していた。

命を狙われているというのに、そんな深刻さはどこにもない。

やがて笑いも途切れ、二人とも押し黙ったまま時が過ぎる。

孝明にとって、この沈黙はあまり苦にならなかった。相変わらずユイは肩に頭を乗せてくれていたし、なにか考え込むように瞳を閉じている。

純白のバスローブに、燦然と蛍光灯の明かりを照り返す黒髪……長いまつげが影を落としていて、どこか異国の王女様のような雰囲気だった。

それを阿呆のように眺めていると、つくづくこんな綺麗な女の子がこの世に存在するのが信じ難い。しかもその少女たるや、おそらくは世界でもトップクラスの殺し屋――いや、殺し屋だったのだ。なにか、全てが夢のような気がする。

だが、夢ではない証拠に、ユイが突然呟いた。

「……私はね、自分の両親が誰だか知らないの」

――微妙な間が空く。

孝明は細心の注意をもって、「うん」と答えた。あくまで微かに。

ユイが自分から何かを語ろうとしている……こんな機会は、まずないかもしれないのだ。

☆

『マザー』というコードネームを持つ彼女は、二百メートルほど離れたビルの上から、孝明の家

を眺めている。

人並み外れた視力を持つ彼女からすれば、この暗闇でもさほど問題はない。二階はカーテンが閉まってはいたが、おそらくあそこに二人がいるのは確実だろう。

「ふむ……あの子が気配を読めると思ったのは、本当に気のせいだったようだ。私がここにいるのに気付いたなら、とうに出てきているだろうしな」

ただ問題は――と、独白を続ける。

「ユイの代わりに、余計なのが出てきたことか。全く、どうやって私を見つけたのやら。噂に聞く特務課とやらは、なかなか侮れんようだ」

彼女の呟きが合図のように、階段を駆け上る音が背後から響く。待つほどもなく、バンッと鉄の扉が開いた。

「動くな！」

ロングコートを着た青年が、CZ―75を構えて飛び出してくる。その背後からも、さらに足音がしていた。後続がいるのだ。

青年の顔に見覚えはないものの……前にニューエイジのデータベースで見た、この国の特務課――内閣調査室特殊任務課の者に間違いなかろう。

警察にしては鼻が利きすぎる。

「……よくここがわかったものだ」

黒コートの青年は、とぼけるようにニヤッと笑った。

「俺には、幸運の女神がついているんでね。俺がいい子にしてたら、ちょくちょく力を貸してくれるんだ。……無駄話はいいから、手を上げてくれ。抵抗しなきゃ、いきなり撃ったりはしない」

屋上の縁に立ったままのマザーは、その言い草を聞いて微笑んだ。

「おまえは誤っているぞ、青年」

「……俺には、神村光太郎って名前があるんだがな」

「そうか。では神村とやら、そんな警告は無意味だ。おまえは、さっさと撃つべきだったのだよ」

――だから、逃がす羽目になる。

言い終え、マザーは背後の闇に身を投げる……あっさりと。

せっかく見つけたのに、これでまた振り出しだ。しかし……そこでマザーは目にする。神村が後を追って、簡単にビルから跳躍するのを。

「――！　なにっ」

声を発した直後、マザーは路上に着地、そのままさらに跳躍して夜の街に走り込む。だが、背後にはきっちりと神村の追跡する気配があった。

普通の人間なら、確実に路上にひしゃげているはずなのに、だ。

どうやら向こうも、常人ではないらしい。

☆

物心ついた時、すでに私は「クラス」にいたわ。

——ユイはまず、そう語った。

そのクラスとは、どこの国ともしれない、深い山々に囲まれた盆地にあったという。

そこで教えているのは普通の学校のような「勉強」ではない。いや、勉強には違いないが、学ぶことはただ一つ……いかに効率よく人を殺し、かつ物を破壊するかだ。

……私はそれを、特に疑問には思わなかった。なぜって、周囲には五十人からの子供がいたけど、全員が等しく両親も持たず、同じように「殺人と破壊の技術」を学んでいたから。

だから、私にとっては日々の訓練こそが日常であり、殺人とテロ行為こそが学ぶべきことだったのよ。六歳や七歳の時には、既に射撃訓練を始めていたし、爆薬の扱い方なども教わっていたわ。今から思えば、あの訓練キャンプにいたクラスの教官は全員がニューエイジの構成メンバーだったのでしょうけど、私達は普通の学校の普通の先生だと思っていた。

テレビもラジオも何もない……押し込まれた狭い宿舎と訓練キャンプが全てだったから、誰も疑問に思わなかったのね。

あの頃、一切の情報を遮断された私達にとって、『世界』はとても単純だった。

でも、確か十歳の時だったと思うけど、転機が訪れた。はっきりと、自分達が何をやっている

のか、わかる時が来たのよ。

カレンダーなんてなかったから、その日がいつだったか、正確には覚えてない。でも、霜が降りていたから冬なのは間違いないわね。

その日の朝、私たちは訓練場……普通の学校でいう校庭に集められたの。

そこには、昨晩のうちに設置したのだと思うけど、鉄格子で囲った五メートル四方くらいのリングが出来ていて、その横に頑丈そうな護送車が何台も停まっていた。

その時はまだ何事かよくわからなかったけど、護送車の中からはすすり泣く声や喚く声が小さく響いていたわね。

訳がわからず、私達が命令通りに「休め」の姿勢で待っていると、教官達の中からあなたが会ったマザーが出てきて、こう言ったの。

「今から、鉄檻の中に一人ずつ『敵』を入れる。おまえ達は順番に従って中に入り、その敵を確実に殺せ。武器はグロックのみだが、別に殺人の方法は問わない」

……とても冷たくて、事務的な声だったわ。

いいえ、あの人は今だってそうだけど。とにかく、私達がまだ事態を飲み込めなくてお互いに顔を見合わせていたら、マザーはこう付け足した。

「これは訓練ではない。いざという時に確実に人を殺せぬ者に、作戦を任せることは出来ぬ。こ

の試みは、おまえ達の覚悟を確かめるために、ぜひとも必要なのだ。……いつも通りにやればいい。相手をマン・ターゲット（人型の標的）だと思い、迷わず殺すことだ」

そう言い渡して、すぐにその「テスト」とやらが始まった。

マザーの合図と同時に、護送車の一台がドアをスライドさせて、コマンドが男の人を引きずり下ろした。

鉄格子リングの入り口を開けて、嫌がるその人を、中へ放り込んだの。

それから私達を見渡し、マザーが呼んだ。

「一番手は……そうだな、ソニアにしよう。ソニア、入れ」


私は最初、マザーがなぜその子を一番手にするのかわからなかった。

なぜって、そのソニアって子は数十人もいるクラスの中で、一番成績の良くない子だったから。

それに、他の子と違って色んなことを考える子みたいだった。私も他の子も生まれた時からそこにいるようなものだから、あまり疑問なんて持たなかったけど、その子はいつも「なぜ？」とか「どうして？」とか盛んに口にしていた。

一人で疑問を抱え込んで、苦しんでいる様子だった。

今の私には、彼女の気持ちが少しだけわかる……変わってしまった今の私なら。

多分あの子は、私達の中で一番、心の綺麗な子だったのよ。だからこそ、いつも疑問を持っていた。誰に教えられなくても、あの子は『いまやっていることはいけないことだ』って知ってい

たのね。

私が密かに予想した通り、ブロンドの髪をしたソニアは、グロックを片手に途方に暮れたように檻の中に立っていたわ。

護送車から投げ込まれた男は隅の方で震えていたけど、ソニアはその人を安心させるように頷くことまでしたの。その時、マザーがこう言った。

さらりと、なんでもないことのように。

「……三つ数えるうちに撃て、ソニア。これは命令だ」

それでもソニアは、銃を持つ手を下ろしたままだった。淡々と数を数え終わったマザーに対し、彼女はこう告げた。

……ええ、私は今でも覚えている。

誰よりもあの人を恐れていた癖に、ソニアははっきりとこう宣告したのよ。


私は撃ちません……て。


次の瞬間、マザーがソニアを撃った……警告もなく、いきなり。

彼女は頭を撃たれて即死だったわ。以前から厳しい訓練で大怪我する子は何人もいたし、マザーが誰かを叱責して殴ったりすることもあった。でも、人が死ぬ瞬間を見たのは、みんなそれが最初だったと思う。それも、撃った人は自分達の教官だったなんて。

殺されるはずだった男の人は、泣きながら悲鳴を上げたし、私達だって冷静ではいられなかった。それまではまだ余裕があったけど、もう完全にそんなものはなくなっていた。

反射的に何歩か後退ってしまった私達に、彼女は乾いた声で教えたの。

「……全員、見たな。命令に背く者はああなる」

脳漿《のうしょう》が飛び散った状態で倒れているソニアに顎をしゃくって、マザーはそう告げた。

死んだソニアは、待機していたコマンドが引きずって檻の脇に投げ出した。

……まるで、最初から彼女が人間などではなく、単なるモノだったように。

そしてあの人は、世間話でもするように続けたわ。

「よし、二番手はジミーだ。……入って敵を殺せ、ジミー」


それからは、テストは順調に進んだ。

日頃から銃を扱い慣れていた私達は、もちろん銃の怖さだって知っている。

みんな、檻に入れられる生け贄《いにえ》と同じくらい……いえ、場合によってはそれ以上に怯えていた。

あんな風に、頭を撃たれて死ぬのは嫌だ……みんなそう思っていたはず。

だから、もう誰も躊躇《ちゅうちょ》しなかった。

時には手が震える子もいたけど、次々と放り込まれる犠牲者を、マザーに呼ばれた順番通りに殺していった。せめてもの情けのつもりか、みんな一発で決めていたわね。もちろん、だからって許されるものじゃないけれど。そして、とうとう最後に残っているのは私だけになった。

今もそうだけど、当時から私は誰よりも「成績」が良かった。この場合の成績というのは、ニューエイジが要求する技能のことだけど。

例えば射撃も格闘技も、私には誰も遠く及ばなかった……たった一人の例外、教官であるマザーを除いて、ね。彼女以外は、教官達でさえ、私には歯が立たなくなりつつあった。

順番が最後になったのは、その辺りが理由かもしれない。

五十人分の殺戮が終わり、五十体の死体が脇に投げ出された中で、マザーは平然と私を見たわ。むせかえるような血の臭いが漂う中、いつもと変わらぬ口調で言ったの。

「よし、最後はおまえだ……ユイ」

私は俯いたまま檻の中に入った。

護送車から引きずり出された最後の生け贄は、ローティーンくらいの男の子だったわ。私以外の人はみんな大人が相手だったのに、なぜか私の時だけが……これもマザーの趣味かしらね。

とにかく、グロックを渡されて中に入ったけど、その時の私はまだ、どうすればいいのかわからなかった。自分がどう反応するか、全く予測がつかなかったの。

もしあの時、相手の子が敵わないまでも私に立ち向かってきたら――そしたら、条件反射ですぐに撃ったかもしれない……今となってはわからないけど。

でも、髪の毛が少しカールしたその子は、自分よりも年下の私を見て、その場に膝をついた。

護送車の窓から他の生け贄がどうなるのか見ていて、抵抗なんてしても無駄だと悟っていたようだった。

だからその子は両膝をついて、神に祈るように私に両手を合わせたの。目に見えて震えていたし、既に頬には涙の跡が幾筋もあったわ。

私の知らない異国の言葉で、両手を合わせたまま、繰り返し何度も何度も必死に呟いていた。

多分、助けてって頼んでたのでしょうね……。

彼にとっては、その時の私は、まさに自分の生死を握る死神のように見えたのかもしれない。

ふっと部屋の中に沈黙が落ちる。

ユイは未だに孝明の肩に頭を乗せたままだったし、孝明もまた、ぴくりとも動かずにユイの話に聞き入っている。

しかし、ここで初めて口を挟んだ。

「……話したくなければ、無理しなくてもいいけど」

ユイは即答した。

「いいえ。あなたにはどうしても知っておいてほしい。私が……本当はどういう女なのか」

その子が泣きながら私に手を合わせているのを見て、私はソニアの最期を思い出したわ。

その瞬間になって、やっと理解した。

……彼女は誰よりも才能のない生徒だったけれど、でも誰よりも強い子だったんだって。

おそらく……いえ、絶対にソニアは知っていた。撃つのを躊躇すれば、自分が撃たれるだろうって。それがちゃんとわかっていたのよ。わかっていたのに、最後の瞬間に正しい決断をした。

……ソニアのようになりたい……私はその時、そう思った。だから、銃を持つ手を下ろしたの。

振り返って、ソニアのように胸を張ってマザーに告げたわ。

「私には撃てない」って。

どうせスリーカウントを始めるんだろうって思ったけど、マザーはそうしなかった。

ただ目を細めて私を見て、私の背後に微かに頷いたわ。

――多分、鉄格子の隙間からコマンドが渡したのだろうと思う。

衝動に駆られて私が振り向くと、男の子がベレッタを構えて私を狙っていた。

震えが止まらないまま、泣き笑いの顔で。引き金にかけた指が白くなっているのを見て、私は反応してしまった。攻撃動作に対して、いつも自動的に動けるように訓練されていたから、その訓練通りに、迅速に。

気が付いた時には……もう撃っていた。

銃声がして、男の子は簡単に後ろの鉄格子にぶつかって崩れ落ちた……ずるずると。その格子が血で汚れていくところまで、はっきりと覚えているわ。

射撃姿勢のままで呆然と立っている私に、あの人が告げたの。

『彼に渡された銃には、弾は入ってなかったのだよ、ユイ。結局おまえも、無慈悲な人殺しにな

『ユイはなにも悪くない』とでも言えばいいのか？　いや、そんな無責任でくだらないセリフを

この前、天井から飛び出したのが生涯初めての大冒険だった自分に、なにが言えるだろうか。

しかし……それはどうにも躊躇われた。

もちろん孝明は、なにか声をかけてやりたくてたまらなかった。慰めたいに決まっている。

撃ち殺すべきだったのに……」

殺すことはもちろん、あの人を憎む感情すら芽生えなかった。本当ならあの時、私は彼女をこそ、

「あの日から、私の心は完全に死んでしまった。もはや、何も感じなくなってしまったの。人を

やっと続けた声には、らしくもない苦悩が混じっていた。

壁そのものではなく、記憶の中にある光景をじいっと眺めているようでもあった。

いっと見つめている。

孝明の肩に頭を乗せているのはそのままだが、いつの間にか目を見開いており、部屋の壁をじ

ユイは話をそう結んだ。

あの人の言う通りだと知っていたから。

私は……何も言い返せなかった。

ったな。いや、最初からそういう戦士なのだ、おまえは』

吐けるはずがない。

そんなことを話すくらいなら、黙ってた方がまだマシである。

しかしふと横を見ると、熱心に――いや、心配そうに自分を眺めているユイと目が合った。途端に、さっと目を逸らすユイ。今の大告白について、ユイ自身も色々思うところがあるらしい。

というより、こちらの反応を気にしているような。

「……あのさ」

「は、はい」

「いや、そんな緊張しなくても。なんか心配そうだから言うけど……今の話聞いたからって、俺は心変わりなんかしないぜ」

自信たっぷりに言えたと思う。それはちゃんとユイにも伝わったようで、目に見えて緊張感が抜けていくのがわかった。おずおずとした調子で、ユイが孝明の身体に手を回した。

徐々に、ぎゅっと力を入れる。

「まだあるわ。……あれ以来、私の視界はモノトーンで彩られるようになった。目にする全ての物に、すっぽりと色が抜けているの」

「……白黒写真みたいに？」

うん、と小さく返すユイ。

「でも、それも過去のこと」

声がしっとりと優しくなる。

「孝明のお陰で、私はモノトーンの世界から解放された」

「……は？　いや俺は別になにも――」

セリフの途中で思い出す。

そういえばマザーと出会ったのを教えた直後、ユイの様子が少しおかしかった。

正確には、『俺だってユイが必要なんだよっ！』とこっぱずかしい告白をやらかした後だ。

「も、もしかしてアレのことか」

うん、とまたユイが頷く。

「任務以外のことで、誰かが私を必要としてくれたのは初めてだった。……あの時の孝明の言葉を信じた瞬間、私は少しだけ、昔の私に戻れたのよ」

「いやぁ、ユイのためなら喜んで命を投げ出しそうなヤツ、その辺にザルで掬うほどいると思うけど」

孝明は照れくささに笑う。

でも、ときっちり自己主張を忘れない。

「でも、俺は今の立場を譲る気はないな。また天井から飛び出す必要があったら、その時はやっぱり俺が飛び出すよ。誰にも譲らない。俺、独占欲が強い方なんで」

ユイはしばらく何も答えなかった。

よほど経ってから小さな声で「ありがとう」と言った。

……湿った声音で。


結局、ユイは孝明の家に泊まった。

寄り添うように同じ部屋で休み、朝を迎えた所で、孝明は電話のベルに起こされた。

既に起きていたユイを手で押さえ、孝明は寝惚け眼で階下に降りる。


「はいはい……いま出るよ、今」

受話器を取った途端、からかうような声がした。

『アイスドール、そこに泊まったらしいな。おまえ、手が早いなぁ』

「こ、光太郎さんっ」

すっかり目が覚めた。

「なんでそれをっ。……と、とにかく別にやましいことはしてないですからっ」

『……おまえ、自爆するタイプだよな、しかし。別に俺は突っ込んだことは何も訊いてないぜ』

例によって例のごとく、ひっそりと影のようにユイがそばに来ていた。

孝明はため息をついて受話器を持ち替える。

「ご用件は？」

『図星を突かれたからって、不機嫌になるなよ……まあいい』

一拍置き、光太郎はでっかい爆弾を落としてくれた。

『マザーを捕まえた』

「……は？」

『いや、「は？」じゃないだろ。問題の元凶を捕まえたって言ってるんだ。ほとんど一晩がかりの追跡劇の末にさ』

と、背後からユイが囁いてきた。

「今、彼女がどこにいるか訊いて」

孝明が伝える前に、光太郎が答える。

『聞こえたよ、今の。……用心のために俺が直々に護送するつもりだったんだがな』

ふうっ、と疲れたような吐息。

『協力を依頼した内調の別セクションのヤツらに、かっさらわれた形だ。奴ら、最後の最後に出張ってきやがったのさ。まあ、こっちからも手を回してもらうし、最悪でも尋問時に俺も参加するから問題はないと——いや待て。いま爆発音が』

ふっと光太郎の声が途切れる。

確かに、受話器の向こうから、小さな破壊音がした。

そして、光太郎の緊迫した声。

『どうも、さっき出た護送車みたいだ。また後でかけ直すから、おまえ達はそこを動くな！』

……そのまま切れてしまった。

「切れた……どうしたんだろう」

受話器を置き、孝明はユイを振り向く。

彼女は、眉をひそめて考え込むような顔をしていた。

と、またしても電話のベルが鳴る。

「またかよ！　もしもしぃ？」

うんざりして取ると、今度は全くの別人が出た。

『……やあ、元気だったかな』

「――！　おまえっ。つ、捕まったはずじゃ」

背筋がしゃきっと伸び、孝明は受話器をぐっと握りしめる。だが、そこまでだった。いきなり視界がブラックアウトし、孝明の意識は完全に途切れた。

☆

倒れそうになった孝明を軽々と抱きかかえ、居間のソファーまで運んでいく。

孝明をそっと寝かせ、ユイは小さく低頭する。もし生き延びれば謝る機会はまたあるだろうが……相手が相手だけに、その可能性は自分が思うほど高くないかもしれない。

いずれにせよ、孝明には十分以上のことをしてもらった。

予想通り、マザーが健在だとわかった以上、ここから先は自分の仕事だろう。

ユイは慌てるでもなく廊下に戻った。床に落ちた受話器を取り上げると、思った通り、相手はまだちゃんと待っていた。

『……アイスドールか？』

「今の私はただのユイだ、マザー」

『私にとっては、いつまでもアイスドールなのだよ』

マザーの返事は、むしろ楽しそうでさえあった。

『最初に電話に出た少年は、眠らせたらしいが……そこまで気に入っているのかな。私の元から去るほどに？』

「その原因を作ったのはあなたの方だと思うが――。今更そんな話をしても仕方ない。無駄話はあなたらしくないと思う」

言い切り、ずばり訊いた。

「……どこでやる？」

空虚な笑い声が響いた。

『そうだな、おまえは私以上に無駄話の嫌いな子だった。あの平凡そうな少年とどんな共通点や話題があったのか、私としては興味もあるが……まあいい。もはや、何を聞いたところで遅すぎるからな。今回、私は上手く逃れたが、特務課のあの男が相手では、この次はどうかわからぬ』

マザーの声が一段と冷たくなる。

というか、むしろこちらがいつもの彼女なのだ。

『では、時間と場所の取り決めといこう。おまえが来ないわけはあるまいが、もし来なければ、代わりにその少年が死ぬ……わかっているだろうが』

「よくわかっている」

ユイは簡潔に述べ、相手の声に耳を傾ける。

肝心な点を聞き終えると、

「了解した」

素っ気ない返事とともに受話器を置く。

二階に戻って着替えを済ませ、また下へ。居間へ戻り、孝明の顔を間近でしばらく眺める。

少し——いやだいぶ悩んだが、不退転の決意でそっと顔を寄せた。額に軽く唇を押しつけ、すぐに立ち上がる。

もはや振り返らず、ユイは廊下へ出た。


……いつものスーツ姿で、一人きりで。


意識が戻って最初に見えたのは、居間の天井だった。

孝明は数秒ほど考え込み、次の瞬間、がばっと起きあがった。

「ユイっ」

大声で呼びつつ、廊下に出る。

電話台の電話には、きちんと受話器が戻してあり、特に何かがあったような様子はない。しかし二階へ駆けあがって確認すると、彼女持参のバッグが、二つともなくなっていた。

「くそっ」

思わず首筋の辺りを撫でる。

痛みはまるでなかった……だが視界が真っ暗になる前に、確かになんらかの一撃を食らった気がする。無論、ユイがやったに決まっている。そして、その意図も明らかだった。

とっさに壁の時計を見る……気を失っていたのは、おおよそ十分足らず。まだ、なんとかなるかもしれない。なぜならユイはまだ、自分が向かう先を俺に知られているとは思っていない。

マザーと出会ったどさくさのせいで、そして俺自身の考えもあってあいつには話してなかったからだが——。孝明は今こそ、その浅い考えをどっぷり後悔した。やはり、早めに話しておくべきだったのだっ。

もしビジョンの通りだとするなら、今度こそユイが危ないのに！

孝明は二段飛ばしで階段を下り、記憶してある光太郎への直通番号へ電話をかける。

相手はすぐに出た。

『おまえか！　おい、ちょうど今、外にいた護衛から連絡が入って』

「わかってますよ。どうせ、その人がユイに眠らされたって言うんでしょっ」

光太郎の息を飲む気配。

『確かにそうなんだが。それだけじゃなくて、こっちでも大変なことがあってだな』

おそらく、マザーが逃げたというのだろう、それも孝明には予測できた。

「先に聞いてくださいっ。何もかも後回しにして、とにかく俺の頼みを聞いてくださいっ」

孝明は大声で怒鳴っていた。

残された時間がどれほどあるか……急がないといけないのは確実だ。

☆

マザーが指定してきた場所は意外だったが、同時に、なんとなく納得も出来た。

今やマザーの立場は、ユイ自身よりも悪いのだ。少なくともユイには帰るべき場所があるが、あの人にそんな物が残されているとは思えない。組織が全ての人だったし、その組織からも除名処分にされたというのなら、本当の孤立無援だ。

今更、どんな危険を冒そうと、さして状況が変わるわけではない。

そこまでして私を倒そうというのは、あの人らしくもない執着心の強さが窺えるが……。

タクシーの後部座席で、ユイはちょっと眉をひそめる。しかし、すぐに首を振った。

彼女の事情などどうでも良い。

私が成すべきことは彼女の抹殺であり、そして無事に孝明の元へ帰ることだ。

車が止まり、ユイはここしばらく馴染み深い場所となった、例の倒産したデパートの前に降り立つ。そろそろ時間である。さりげなく歩き出し、タクシーが去るのを確認する。

……相手が先に来ているかどうか、確認するまでもなかった。

なぜなら、ふと顔を上げたら、マザーその人と目が合ったからだ。

遥かなる高みにある、屋上の縁に立ち、例の冷酷な瞳でユイを見下ろしている。

ユイは立ち止まり、そっと自らの感覚に集中する……内部には、他に人の気配はない。彼女だけだ。

「よろしい。では、決着をつけるとしよう。……この私とて、孝明を殺そうとしたのを許すわけにはいかない」

再び歩き出したユイの顔は、既に非情な戦士のそれに変貌していた。

階段を上っていくうちに、敵が屋上から下りてくる気配を摑んだ。

手すりから半身を出し、用心深く見上げようとした途端――

ダダダッ

嵐のような三連射をお見舞いされた。

数本とはいえ、黒髪が千切れ飛ぶ。

「――！　あの人が、綺麗な髪だとほめてくれたのにっ」

そんな場合ではないが、本気で腹が立ったユイである。

だが、頭を引っ込めるのがもう少し遅かったら、髪どころの騒ぎではなかったろう。頭部に直撃を受けて、爆《は》ぜたスイカのような有様になっていたに違いない。本来なら、あの銃で狙えるような距離ではないのだが……さすがだ。

微かに息を吐く。

「三点バースト……ベレッタM93Rか？　総弾数の多いベレッタで、近接戦闘での有利さを確保しようとしたのか」

気配を測り、ユイはもう一度さっと半身を出す。ペルーの日本大使館人質事件で、その名を世界に轟《とどろ》かせたP90サブマシンガンを、斉射する。一秒間に十発以上の弾をばらまくP90だが、一瞬の差で相手はかわした。

SS190弾は、空しく上階の手すりを削っただけである。しかし、元よりそう簡単に倒せると思っているわけではない。ユイはすぐに階段を駆け上がり、敵との距離を詰めようとする。敵もまた、自ら駆け下りてくるようだ。

気配がはっきり探知できる。

そして、この廃ビル内には、今度こそ他に誰もいない。邪魔が入るまでになんとしても決着をつける！

二階を駆け抜け、三階に上がる。

待ち伏せでもする気か、敵が十階辺りで足を止めたのを探知し、ユイ自身は三階フロアに飛び込む。足音も立てずに元売り場を駆け抜け、中央のエスカレーターへ。

階段から来ると思わせ、その実、フロアを通って彼女の背後を突く――という狙いである。無論、相手が気を変えてエスカレーターを選べば、今度は自分が階段の方へ行けばいい。

ユイの知る限り、マザーは勘の良さは人後に落ちないものの、ユイのように『離れた敵の気配を読む』能力などはない。忌避してきたこの能力だが、この際は大きなアドバンテージになるはずだった。

……私はもう、あなたのいいなりだった、孤独な少女ではない。戦闘経験の積み重ねも、もはやあなたを上回るのだっ。

必ず倒してみせる！

猫のような足取りであっという間に七階まで駆け上がったものの、ユイはマザーが再び動き出したのを感じ取る。ただし、途中から階段を使うのをやめ、向こうもフロアに入ってきた。今は九階フロアに入る所らしい。

当然、ユイが逆を突くためには、今度は階段の方へ行くべきだろう。

しかし、なぜか自分の背後で微かな物音が聞こえた気がして、思わず足が止まった。

八階へと続くエスカレーターを前に、一瞬とはいえ静止する。

階段の方から物音？　馬鹿な！

気配は一つ、確かに上からだけだ。となると、背後で聞こえた物音は、フェイントに決まっている。九階フロアに侵入する前に、彼女が階段の上辺りから何かを投げたのだ。

——そうに違いないと理性は思う。

それでも、音がしたのは事実であり、ユイに微かな迷いが生じた。階段の方を確かめたい誘惑に駆られる。決断の早いユイのこと、それは常人から見れば、ほんのコンマ数秒のためらいに過ぎない。

だが、マザーはまさに、その「迷い」の間隙《かんげき》を縫うようにひょいと登場した。ちゃんと捕捉していたのに、はっと思った時には、彼女がエスカレーターの上から、下階のユイを見下ろしていた。どうやら手すりを乗り越え、九階から八階まで飛び降りて時間を短縮したらしい。

「……やはり、いたか。馬鹿正直に階段で来るはずがないと思ったよ、ユイ」

微笑む彼女の肩に乗っているのは——

「RPG—7っ」

「そうだ。おまえを相手に、出し惜しみはせんよ」

「……私闘に、そんな物を使うのか」

押し殺した声を上げつつ、じりっと数十センチほど横に移動する。めざといマザーは、もちろん気付いた。

「無駄だな。逃がしはしないぞ、我が弟子。私の本気、存分に受け取っておくれ」

トリガーが引かれ、シュッと派手な音がした。

対戦車用のロケット弾が発射されたのだ。秒速百二十メートルの速さ故に、ユイのいる下の階までは一瞬である。常人の数倍以上の反射神経を持つユイといえど、とっさに出来たのは、跳躍するくらいだった。

フロアに弾着と共に、ロケット弾が炸裂《さくれつ》——爆発した。


轟音と共にフロアの床が大きく削られる。漏斗状《ろうとじょう》に抉《えぐ》れた床は一顧だにせず、マザーはRPGを捨てて悠然とエスカレーターを下りる。

濛々《もうもう》たる埃のヴェールを通してさっと床を眺めたが、それらしき人影はない。

「……ふむ？　直撃は当然逃れたとしても、いかにユイとはいえ、爆発の衝撃を避けられたはずはないが」

途端に、びくんっとマザーの肩が震え、彼女は横っ飛びに跳んだ。

際どい所でデザートイーグルのマグナム弾が頭を掠める。ぱっと鮮血が散ったが、気にする暇もなく、マザーはさらに跳躍する、そしてもう一度っ。

やっと銃声が途切れ、マザーとユイは中央のエスカレーターを挟んで向かい合っていた。

「……そうか、エスカレーターの背面に飛び込んだか。確かに、爆風を避けるには最も良い場所だ。さりげなく横に移動したのは、そのためだったか。相変わらず、良い判断をする」

ユイは何も答えない。

切れ長の目に殺気を宿し、敵を睨み付けるのみである。

もちろん、双方、びたっと相手に銃を向けたままだ。

頭から鮮血を滴らせてはいたが、マザーはまるで余裕を失っていない。自分が倒されるなどとは、考えてもいないようである。

「教えてあげただろう、ユイ。拳銃は万能の兵器ではない。射線を外れれば無力だと。……まして や、我々の反応速度は常人の数倍はいく」

「常人が備えるはずの心理的限界というリミッターなど、とうに外されているから……だろう」

「潜在能力の解放、といってほしいものだ。人は己の肉体を守るため、本能的な安全装置――いわゆるリミッターを備えている。これがあるからこそ、筋力の全てを発揮出来ずにいるのだ。故に、邪魔なリミッターを外して鍛錬を続ければ、人間の肉体は驚くほどの潜在能力を解放してくれる。かつての『クラス』にいた仲間達が、その証明だな。……もっとも、途中で壊れる者がほとんどだったし、彼らの中にあってさえ、我々は特殊な例外なのだがね」

マザーにしては妙に意味ありげな言い方だった。しかし、ユイはその謎めいたセリフに対しても、特に反応しない。

声が一層、冷ややかになった。

「無駄話はあなたらしくないと言ったはず。射線のことも言われるまでもない。しかし、この距離ならいつまでも避けきるのは不可能だ」

「……おまえがな、ユイ。P90は部屋の隅に吹っ飛んだようだが？　デザートイーグルの総弾数は十発にも満たない。撃ち合いなら私に分があると思うがな」

「そんなことはやってみなければ――」

言いかけたユイは、はっと瞳を見開く。

突然、自分の身体に向け、唸りを上げて物が飛んできたのだ。それが小石大の瓦礫《がれき》の一部であり、敵が爪先で蹴飛ばしたのだとわかった時には、もう遅かった。

否応なく身体が反応し、身を捌《さば》いて避けようとした所へ、マザーが撃った。トリガーを絞る瞬間を見極め、ギリギリで射線を外したものの、左腕に鋭い痛みが炸裂する。弾丸が掠めたのだ。

フロアの床に身を投げつつ、ユイも撃っている。

だが、マザーは既に元の場所から跳んでいた。エスカレーターを飛び越え、よりにもよってユイの方へ。

人間離れした跳躍力で、ユイに飛びかかってくる。空中で既に二発目を撃っていたが、これは幸運にもフロアを抉っただけだった。デザートイーグルを撃った反動でユイの身体が後ろへ流され、射線を外れたお陰だ。

しかし、マザーはそのままフロアに片手をつき、軽々と身を跳ね上げる。そのせいでユイは三発目を撃てず、跳ね起きようとした所へ、今度こそマザーが飛びついた。

ユイの右手首を掴み、同時に膝を突き上げて蹴りを叩き込もうとする。ユイもまた、相手の右手首を掴んで、同じことをしていた。

膝同士がぶつかり、初手が失敗すると、互いに相手を力でねじ伏せようとする。

ユイがぐっと手に力を籠めると、マザーの瞳がちょっと見開かれた。

「ほぉー、強くなったものだ。筋力では、さしものおまえも私に及ばなかったのだが」

「いつの話をしている！　今の私は——」

叱声を上げた途端、ユイをねじ伏せようとしていたマザーの力がふっと弱まった。ひたすら押しまくっていた壁がいきなり消えたようなもので、ユイの身体が他愛なく泳いだ。

しまったと思った時には、再びマザーの剛力が復活し、片手で力任せにぶん投げられていた。

背負いの型すら取らない、力任せの無茶な投げ技である。

なのにユイは、風に吹かれた古新聞のように売り場を滑空し、エスカレーターに叩き付けられそうになった。

かろうじて手すりの部分に片手をついて回転、今度は自ら下の六階へと飛び降りる。フロアに降り立って七階を見上げようと——

すぐ脇にマザーが舞い降りた。

追撃されていたのだ！

避けるには到底間に合わず、ユイはマザーに豪快に蹴っ飛ばされていた。蹴り足が霞むほどであり、熊でも一撃で殺しそうである。一瞬でフロアを飛び、壁に叩き付けられ、ずしんっと重厚な音がした。

「——うっ」

ユイの背中が激突した場所を中心に、ぱっと埃が立ち、コンクリにひび割れが生じる。耐えようもなく喉に込み上げてくるものがあり、床に吐いてしまった。

眼前に、鮮やかな真紅の色が広がる。

内臓を痛めたのか、吐いたのは胃液混じりの鮮血だったのだ。

同じく心中でも、真っ赤な警告灯が点《とも》った気がした。怪我の程度は置くとして、まずいのは一時的に身体能力が低下してしまったことだろう。

腹を蹴られたために、苦痛と吐き気が間断なく襲っていて、とても全力で戦うどころではない。

未だにデザートイーグルを放してないのが、まだしもである。

ともすれば揺らぎがちの視界の隅で、マザーが慌てるでもなくベレッタを持ち上げようとしている。それを見た刹那、ユイは震えがちの自分の身体を叱咤《しった》し、右手の窓へ向かって全力で跳んだ。窓ガラスをぶち破り、破片と共に外へダイブする。逃走しようとしたのではない。とにかく時間を稼ごうとしたのだ。

落下の途中で手を伸ばしたが、五階の窓枠は摑み損ね、四階まで落ちてようやく摑んだ。一気に身体を引き上げ、先日以来、割れたままになっている窓から中に転がり込む。

フロアで大きく一回転して立ち姿勢に戻り、気配を探る。しかし、元の六階からマザーの気配は消失していた。

「っ！　同じく窓からかっ」

ユイが声に出すのと、ロープに摑まった敵が窓から飛び込んでくるのが、同時である。

ドンッドンッ

マザーが空中で、そしてユイが身を投げつつ撃つ。二人とも相手の弾が掠ったが、これまた致命傷にはならず、姿勢を回復してさっと立つ。

まるで鏡に映したように、同じ動作、同じ速さで相手に銃を向ける。

双方、静止した。

距離はこれまでで最も短く、二メートル少ししかない。これだけの距離だと、さすがの二人も、相手の弾を避けきるのは不可能である。

それはつまり——

「チェックメイトだな、ユイ。勝負は互角だったが」

「RPGまで持ち出しておいて、互角もなにもないと思うが」

ユイの嫌みに、意外にもマザーは頷いた。

「そうだな。同じ条件でやり合えば、おまえは私を倒していただろう……それは少し計算外だったよ。おまえは既に私を超えていた」

感心したように首を振り、

「だが、それでもこの形に持ち込めた時点で、私の勝利なのだよ。元々私は、自分が生き残ることは考えていなかったのだから」

「……どういうことだ？」

答えながらも、ユイにとってマザーの回答はどうでもよいことだった。

なにか活路はないか、油断なく銃を向けつつ、あらゆる可能性を考えている。

遠くで人が騒ぐ声がするが、これは先程のＲＰＧの爆発のせいだろう。だが、彼らが警察に電話をし、実際にパトカーが押し寄せてくるまでは、今しばらくかかる。

加えて、相変わらずこのビル内には、人の気配は皆無だった。

足下近くに書かれた「ひみつきち」というつまらない落書きに気付き、ユイは唇を噛む。その落書きには覚えがあった。皮肉にも私は、プリーストとやりあった時と同じ場所に立っている。

おそらく、幾らも経たないうちに警察やら野次馬やらがどっさり集まってくるかもしれないが、とても間に合わない。なにしろ、決着は数十秒以内についてしまうのだ。邪魔が入りそうになれば、マザーは引き金を引く……それだけのことだ。

故に、どうあってもユイが自分でなんとかするしかない。

しかし、これほど間近で銃を向け合う状況では——。

「何を考えているのかわかるぞ、ユイ」

ベレッタの狙いを外さないまま、マザーは面白そうに指摘した。

「だが、状況分析など無駄だよ。仮に、今この瞬間に誰かがやって来たとしても、もう手遅れだ。

私の指はトリガーにかかっているからな。私は気配を読むことなど出来はしないが、それでも、敵の殺気には敏感なつもりだ。邪魔が入れば引き金を引く。フロアの入り口もギリギリだが視界に入ってるし、見逃す可能性などない」

「……自分でどうにかするしかないのは、わかっている」

「どうにもならないと思うが……まあいい。それより、話の続きだ。なぜ私が自分の生死を顧みず、おまえを狙ったかだったな」

マザーは実にあっさりと告げた。

「まず理由の一つだが……私はもうすぐ死を迎えることになっている」

銃口こそ逸らさなかったものの、ユイは少なからず驚いてマザーを見返した。

「寿命？　そんなものが、あらかじめわかるのか？」

「わかるのだな、それが。仲間の工作員は知らずにいるが、少なくとも私は知っている。立場が立場だったからな。理由を教えてやる気はないが、我々の寿命は前もってきっちり決まっている。それこそ、驚くほど正確に。おまえがその秘密を知らないだけだ」

もはや覚悟は出来ているのか、マザーの声には恐れも後悔もなかった。

「心理的リミッターの除去や、身体能力を強化したことによる、副作用……などのためではないぞ？　私とおまえには、想像以上の秘密が隠されているのだ。この私でさえ、最近になって知ったばかりだがね」

「あなたの本当の年齢は、幾つなのだ」

「気になるか……そうだろうな。今となっては、無駄な心配だが」

外見に相応しく、子供のようにクスクス笑う。

「悪いが、最期の瞬間といえども、こればかりは教えてあげられない。私は、人に実年齢を知られるのが嫌いでね。女に歳を訊くものではない」

口調からして、どうやら本気らしかった。

「しかし、おまえが思っているよりは若いつもりだし、どのみち外見などは関係ない。ことに、私とおまえにとってはな」

謎めいたセリフを語り、マザーはユイの反応を窺う。

彼女が表情を動かさないのを見ると、少し失望したように肩をすくめた。

「驚かないか……まあいい。では最後に、なぜ後がない私が、今になっておまえを殺そうとするかだが」

「自分が先に裏切ったくせに、私があなたから離反したことが腹立たしいのだろう。けじめをつけるなどと孝明に告げたそうだが、どうせ本音はそんな所だ」

「ふむ。確かにそういう理由だと自分でも思っていたのだが」

嫌みなほどあっさりと、マザーは頷いた。

「でも、こうして向かい合っておまえを眺めていると、どうもそれだけじゃなかった気がするな。今更気付くとは我ながら笑止だが、人は死に直面して初めて己の心を知る……そういうことなのかもしれん」

ユイが目で問うと、かつての教官は驚くべきことを述べた。

「どうやら私は、おまえが愛《いと》おしいらしい。それこそ、どこまでも一緒に連れて行きたいほどに。……ふむ、そう考えると、最後の作戦でおまえを殺そうとしたのも道理だな。捨て駒にすると決めた時は、自分の判断に首を傾げたものだが……ふふふ」

ゆっくりと、彼女らしくもない陶酔の表情に変わる。まるで、ずっと解けなかったパズルを、今になってやっと解いたような顔だった。

これにはユイも眉をひそめた。

愛おしい？　なにを話しているのだ、この人は。

「やあ、さすがに驚いてくれたな。せっかくの告白を無視されなくて良かったよ。だが、それほど意外かな？　今から思えば、あのプリーストもおまえを好いていたようなフシがある。肝心のおまえは全然気付かなかったようだが」

「見え透いた嘘だ。好きな相手を殺そうとするはずがない！」

「ああ、それは違うな、ユイ。それはただの固定観念だよ。愛情表現は人それぞれなのだ。うぶなおまえが、それを知らないだけさ。プリーストは、危険度の高いあの作戦に自ら志願してきた。今から思えば、おまえを殺す役を誰にも渡したくなかったのだろうな。彼の気持ちが、今になってやっとわかった」

「それは、愛情などではない。ただの自分勝手な想いだ」

「ほぉー……おまえからそんなセリフを聞くとはな。あの少年に出会って変わったとでも言いた

いのか？」

マザーの声に、少し険が混じった。

「彼は所詮、別世界の住人だぞ。なぜそれがわからん？　私が邪魔をしなかったとしても、いずれあいつも気付いたはずだ。自分が好意を寄せていたのは、とんでもない化け物だったとな。なぜこんな女に惹かれたのかと、ぞっとする日が必ず来る。必ずだ！　遅かれ早かれ、おまえはまた一人ぼっちに戻って――なにを笑う？」

ユイが静かに微笑んだのを見て、マザーは口をつぐんだ。

それは、この場に全く相応しくない優しい笑みで、さしもの彼女も一瞬、毒気を抜かれてしまった。

「それでいい。私はそれでいいのだ、教官。未来など、もはや問題ではない。孝明は私のために命をかけてくれた。それだけで十分すぎる。その思い出さえあれば、私はもう何も望まない……」

気圧《けお》されたかのように数秒ほど沈黙した後、マザーの目にはっきりと殺意が浮かんだ。トリガーにかけた指に力が加わるのが見てとれた。

「……最後の最後に、くだらない話を聞いたものだ。おまえは、最後まで鋼の戦士であるべきだった。小娘の世迷《よま》い言など、おまえの口から聞きたくはなかったぞ！」

ユイの顔からも笑顔が消え、全身にさっと緊張感が走る。避けきる可能性は、まずゼロに等しい。だが、彼女が引き金を引く瞬間を少しでも早く見極めれば、あるいは――

しかし、マザーの足下でじゃりっと音がして、ユイの集中は乱れた。フェイントだとわかっていながら、注意を逸らされたのだ。それが決定的な遅れとなった。

駄目だ、敵が引き金を引く方が早いっ。

マザーの瞳の中に、残酷な満足感が浮かぶのが見える。


そして、銃声が鳴った。

☆

床に伏せたまま、ユイはマザーを見上げている。

——狙いを外したのか？　この人が⁉

動かない彼女を見て、大いに不審を覚えた。

最後の瞬間、遅れを取ったユイは、フロアに身を投げてかわそうとしたのだが——

結局、マザーは最初の姿勢のままで、固まっていた。見かけだけは可愛らしい唇から、つうっと鮮血が洩れる。

ユイらしくもなく、やっと悟った。

いま撃ったのは、マザーではない？

「お……のれ……」

もはや死相が現れているマザーが、それでもしぶとく銃口を動かそうとする。伏せたままのユイに、ベレッタを向けようと。

しかし、さらに攻撃が来た。

ドンドンッ

駄目押しの銃声が、二発連続した。

これが致命傷になった。ガクガクと、弾着ごとに身体を揺らし、マザーの瞳から光が消える。

ユイの眼前に倒れ、ごつんと額を床にぶつけた。その生々しい音まではっきり聞こえた。

俯せた死体の背中に、三発の弾痕がバラバラと散っている。最後の一発が致命傷になったらしい。そして、ユイは見た。

マザーが倒れたことで視界が開け、彼女の背後に立つ、孝明の姿を見つけたのだ。

およそ数メートルくらい後方にいる。

「た、孝明……」

そろそろと膝立ちになり、ユイは信じ難い物を見るように、彼を見やる。孝明のそばにフロアを支える柱の一本があり、彼はその真横に立っている。つまり、そこに隠れていたということだ。

手にしているのは——グロック19。数日前、学校の屋上で孝明に頼まれ、後でユイが譲渡した武器だ。初心者には一番扱いやすいだろうと。

妙な願いだとその時は思ったものの、自分の身を守るためだろうと、深くは考えなかった。

そういえば、彼の元を去るとき、あれだけはあえて回収せずにおいた——けど。

しかし……有り得ない……それは有り得ないのだ。

彼が、自分達がここで私闘をやると知っているはずはないし、仮に知っていて救援に間に合ったとしても——ユイの感覚を誤魔化《ごまか》すことは出来ない。

百歩譲ってマザーが気付かなかったとしよう。それでもユイだけは絶対に勘付いたはずだ。今まで、誰かの気配を見落としたことなど皆無だったのだから！

死体に一瞥もくれず、ユイはそろそろと立ち上がる。まだ自分が生きていることが信じられないが、それより孝明だ。

ユイの大事な孝明は、前に教えてあげた射撃姿勢を取ったまま、微動だにしなかった。顔面に引きつったような痙攣《けいれん》が走るのを見て、ユイは慌てて駆け寄った。

「た、孝明！　大丈夫っ」

孝明はユイを見て、それからもう一度、マザーを見て、ごくっと喉を鳴らす。

「……俺、一発しか撃ってな」

言いかけ、限界が来た。

銃を捨てて、弾かれたようにフロアの隅へ走っていく。

到達と同時にしゃがみ込み、苦しそうに吐き始めた。

ユイは孝明の背中をさすりにいこうか迷い……結局、さらに向こうの壁際を見る。

孝明が立っていたずっと背後に、もう一人がいたのだ。

ゆっくりと、例の特務課の男が歩み寄ってくる。確か、神村光太郎という名だったか。

孝明が投げ出した銃を素早く拾い上げ、コートの内ポケットにしまった。

ユイの顔を見て、片手をひらひら振る。

「なぜこの場所がわかったかは、後であのボウズにでも訊いてみれば？」

「――疑問はまだある。私はおまえの気配も孝明の気配も、全く読めなかった。読み損なったことなど、かつて一度もなかったのに」

「誰も信じないが、俺には幸運の女神がついていてな。年齢的には少女の年頃なんだが」

突然、妙なことを言い出し、ニヤッと光太郎は笑う。

「実はその子、おまえのマンションのそばにも、しばしば来てたんだ。だけど、おまえは一度もその気配に気付かなかったはずだ。……そういうことが出来るんだよ、あの子には。自分だけじゃなく、他人の感覚に割り込んで任意の気配を消すことも可能なんだな」

「例の、テレパス少女のことか」

「そう。名前は蛍という。話だけは聞いてるよな、あのボウズから」

うんうんと頷く光太郎。

「さっきボウズが電話してきてな……蛍に頼んでくれって。あいつは、蛍がしばしばおまえのそばにいたのに、肝心のおまえが全く気付いてなかったのを不審に思い、彼女の能力に勘付いたわけだ。で、蛍は俺からの連絡を受けて、ヤツが侵入すると同時に、その気配を完全に隠したと。もっとも、足音くらいは聞こえたかもな。幾ら蛍が隠しても、あいつのドジまではどうにもならんし」

すると、七階で聞いたあの物音は、マザーが原因ではなく孝明だったのか。

しかし——ユイは眉根を寄せる。

「……だが前回の狙撃時、私は孝明の気配をちゃんと摑んでいたぞ」

「あいつの気配を読んだからこそ、おまえはあのボウズの真下で死のうとした。そうじゃなきゃ、プリーストとの撃ち合いの場所は、微妙にズレていたはずだ。そうなると、色々と具合の悪い結果に終わっただろう——違うか？」

光太郎は我がことのように自慢そうに言う。

どうやらこの男は、その少女に対して全面的な信頼を寄せているらしい。

発言に、不動の自信が籠められていた。

「蛍がビジョンで見た光景は、ただ登場しないだけで、あのボウズの行動も予定されていたことになる。考えてみりゃ当然だ。元々、あいつの落書きのせいで特定された場所だしな」

「なんでもいいよ、とにかく今回もなんとかなったし」

よろよろと孝明が戻ってきた。

顔色が相当に悪いが、無理してユイに微笑みかけてくれた。

ついで、大きく深呼吸する。

思い詰めた顔で紫色の唇を開いた。

「あの性格ブスが好き放題いってくれたけど、これでもう、俺は別世界の住人じゃないだろ。だいたい俺、そんな薄情な男じゃないぜ。これからだってずっと」

セリフの途中で、ちらっと倒れたマザーを見る。

途端に、またぱっと口元を押さえてしまう。

よろよろっと二人から離れ、崩れるようにしゃがみ込む。

——盛大に吐く音が再開された。

「孝明っ」

今度こそ、ユイは走りよって背中をさすってあげた。あまり足しになるとは思えなかったが、そうせずにはいられなかったのだ。

背後から、気怠い声が指摘する。

「かっこよく決めようとするからだ、馬鹿。ハードボイルドには二十年早いんだよ」

「孝明を侮辱するなっ」

ユイの抗議を無視して、光太郎はぼそっと言った。

「……あぁー、それからおまえの撃った最初の一発な。あれって、外れて壁に当たってるぞ」

「おえええええ……え？」

ぴたっと吐く音が止まった。

涙目で孝明が振り返る。

「……うそ？」

「うわ、きたなっ」

孝明の口元を見て、光太郎は顔をしかめる。

「嘘じゃないっつーの。当たった三発は俺が撃ったんだよ、元々。初心者がいきなり撃って、そんな都合よく命中するもんか」

面白そうに笑う。

「良かったな、殺人罪を免れて」

固まること数秒――。

孝明はしゃがみ姿勢から横倒しに倒れ、ついでその場に大の字に転がった。

終章　新しい朝

孝明が目を覚ますと、ユイが自分の顔を覗き込んでいて、視線が合った。

これには、いたく驚いた。

「——！　うわっ」

俺はまた救急病院に運ばれたのかと思い、慌てて辺りを見渡す。

病院ではない。

普通に自分の部屋であり、昨晩眠る前に見た状態、そのままである。

ただし、ユイがベッドの脇に座っていることを除けば。

「……おはよう、孝明」

聖職者ですら人生を見つめ直したくなる、優しい笑みを見せてくれた。

「お、おはよう……」

とりあえず返事だけはして、

「ええと、つかぬ事を訊くけど。どうやってここに？」

既にびしっと制服に着替えているユイは、ゆっくりと首を傾げた。

まるで、「なぜ太陽は東から昇るのか？」等の、ごく当たり前の質問をされたようなリアクションである。

「玄関のドアを開けて。……あのドア、もう少し値の張る鍵に替えた方がいいかもしれないわ」

……つまり、鍵はちゃんとかかっていたらしい。

落ち込ませると気の毒なので、孝明はあまり突っ込まないことにして、のそのそと起き出す。

着替える前にカーテンを開けると、朝日が眩《まぶ》しい——のだが。

「……なあ、ユイ。うちの前に、いつの間にか家が建ってるんだが」

「この前、少し話したと思ったけど？」

ユイは、相変わらず足音もなく隣にきて、どうということのない顔で新築の家を見やる。

「あそこに家を建てたの。ユニット式だから、組み立てるだけで早いのよ。昨晩の時点で、もう建ってたのだけど。……帰宅した時、気付かなかった？」

……マジか！　孝明は戦慄した。

家の話は確かに聞いていたが……たった数日でもう建ったのかっ。はやっ。全然気付かなかったし！　しばし呆然としていたが、やがて孝明の頬は段々と緩んでくる。

よく考えたら、なにを文句言うことがあるだろうか？

朝早くから、気のある女の子が部屋に起こしに（顔見てただけだけど）来てくれているのだ。同級生の男子のうち、およそ九割以上が夢見るシチュエーションではないだろうか。

「……じゃあ、今度こそずっと一緒にいられるわけな」

念のため、隣のユイに訊いてみる。

無口なユイは、黙って微笑んでくれた……返事には十分すぎる笑顔である。

孝明は自分も笑い返そうとして――ほんの一瞬だけ、表情が強張る。

亡くなったマザーの言い草を、ふと思い出したからだ。

『理由を教えてやる気はないが、我々の寿命は前もってきっちり決まっている。それこそ、驚くほど正確に』


柱の陰に隠れている間に、あの女はそんな聞き捨てならないセリフを吐いてくれた。

それが本当なら、ユイの寿命も決まっているということだろうか。

しかし、問いかけるような眼差《まなざ》しを見せるユイに、孝明は無理して笑顔を作った。

尋ねたところで、おそらくユイにだってわからないだろう。

「なんでもないよ……うん。ていうかおまえさ」

さくっと話を変える。

「実は、また制服の下に銃とか隠してるだろ。今日は、体育もあるんだぜ?」

恥ずかしそうに俯く元殺し屋少女を見て、孝明は今度こそ本当に笑ったのである。

☆

仲睦《むつ》まじく登校する二人の姿を、遠くのビルの上から眺めている男女がいた。

特務課の光太郎と、蛍である。

光太郎は距離があっても問題ないし、蛍も蛍で、能力のお陰で不自由はないのである。

二人の背中をじっと見送り、光太郎はポツンと独白した。

「これで一件落着だな。実にめんどくさい事件だった。二度と関わりたくないね」

トレードマークのような気怠い声に、蛍はくすりと笑う。

「……なにがおかしい?」

「三発とも、ご自分が撃ったことにしたんですね、光太郎さん」

光太郎は、思わず喉の奥で唸った。推測ではなく、断言なのが渋い。例によって、蛍を誤魔化すことは出来なかったらしい。

数秒ほど抗弁を考え、光太郎はふてた声で降参した。

「本来、俺が済ませておいたはずなんだが……あのボウズ、まさか母親の車を持ち出してぶっ飛ばして来るとは思わなかった。こっちの計算より到着が早くてな。予定が狂った」

そこで口調を変え、

「おまえもおまえだろ。あいつが撃つ間際に、教えてくれりゃいいのに」

蛍は静かに答える。

「撃たせてあげたかったんです、あのお二人のために……。それに、神部さんはともかく、ユイさんは気付いてますよ、ちゃんと」

ゆっくりと光太郎を見上げる。

「とても感謝してます、きっと」

「……そうかね？　俺はあの女に脅されてばかりだったけどな。まあ、少しくらい感謝されてもバチは当たらんわな」

ぶっきらぼうに言い捨て、ため息をつく。

蛍はただ、微笑をもって応えた。それは、見慣れているはずの光太郎でさえ胸にずきんと来る笑顔であり、ガラにもなくうろたえてしまった。

「な、なんだよ」

「光太郎さんって、優しいから好きです」

そっと手を握られて、さらに焦る。

「やめてくれ」

喉に絡んだ咳払いなどする。

相変わらず、蛍にはかなわない。

「行こう。朝飯くらいはおごってやる」

気安く答えたものの、光太郎の声は上擦っていた。

――最後に二人が振り返った時、孝明達の姿はもう見えなくなっていた。

本書は書き下ろしです。原稿枚数500枚（400字詰め）。

吉野　匠

Yoshino Takumi

東京都内で生まれる。ＨＰ上にて数年にわたって毎日更新の連載小説を続け、「雨の日に生まれたレイン」が爆発的人気となる。『レイン―雨の日に生まれた戦士』（アルファポリス）で作家デビュー。同書はシリーズ累計60万部突破の大ベストセラーとなり、コミカライズもされている。『三千世界の星空』シリーズ（徳間書店）も人気を呼んでいる。他に『異邦人 Lost in Labyrinth』（小社）などがある。

GENTOSHA

死神少女
2009年6月25日　第1刷発行

著　者　吉野 匠
発行者　見城 徹

発行所　株式会社 幻冬舎
〒151-0051 東京都渋谷区千駄ヶ谷4-9-7

電話:03(5411)6211(編集)
03(5411)6222(営業)
振替:00120-8-767643
印刷・製本所:株式会社 光邦

検印廃止

Printed in Japan
ISBN978-4-344-01694-1 C0093
幻冬舎ホームページアドレス　http://www.gentosha.co.jp/

この本に関するご意見・ご感想をメールでお寄せいただく場合は、
comment@gentosha.co.jpまで。